KB168543

저고리
시스터즈

ⓒ김미승 2018, Printed in Seoul, Korea.

김미승 지음

저고리 시스터즈

다른

차례

불씨 7
감골 소녀 19
꽃샘추위 37
경성 48
섭섭이 66
유코 할머니 78
유성기 95
겁탈 109
도망 118
베레모 146
파랑새 극단 162
신인 가수 선발 대회 175

작가의 말 195

불씨

화르르, 불이 타오른다. 벌건 혓바닥을 날름거리며 불이 타오른다. 불도 기분이라는 게 있는지, 어떤 때는 막무가내 연기만 푹푹 내뱉다가도 어느 순간엔 언제 그랬냐 싶게 환히 길을 연다. 오늘 밥은 잘될 것 같다.

필순은 부지깽이로 부뚜막을 쳐 대며 박자를 맞춘다. 불붙은 부지깽이에서 불똥이 튄다.

이 산으로 가면 쑥국 쑥국
저 산으로 가면 쑥쑥국 쑥국.

필순은 얼른 숨을 들이쉬고 목청을 한껏 끌어 올렸다.

아하 이히 이히 이이히, 힉!

아이코, 삑사리가 났다. 여기가 늘 난코스다. 음을 비틀었다 튕겨 내는 게 쉽지가 않다.

밥솥에서 김이 나기 시작한다. 얼추 다섯 곡을 불렀나 보다. 솥뚜껑 밑으로 허연 밥물이 흘러내린다. 이제 땔나무를 한 번만 더 밀어 넣고 멈춰야 한다. 이때 불 조절을 잘못하면 순식간에 탄내가 나고 만다. 필순은 마른 솔가지 몇 개를 분질러 아궁이 속으로 밀어 넣었다.

"솥에서 눈물이 흘렀으니 이제 불은 됐고, 읍!"

필순은 얼른 제 입을 틀어막았다.

"요놈의 주둥이, 엄마가 들었으면 또 한 소리 들었지."

언젠가 밥물이 끓어 넘치는 걸 보고 "엄마, 솥이 눈물을 흘리는데 어떡해요? 불 더 때요, 말아요?" 물었을 때 엄마는 필순을 쥐어박으며 말했다. "에그, 복 달아나는 소리 하네. 밥솥이 왜 눈물을 흘려? 말을 해도, 원."

그날 엄마한테 지청구를 들은 뒤로는 조심한다고 하는데도 불시에 튀어나온다. 엄마가 심하다 싶을 정도로 필순의 말투나 행동을 시시콜콜 꼬집는 데는 이유가 있다.

지난해 여름, 필순은 첫 생리를 시작했다. 너무 더워 속바지만 입은 채 쪽마루에 누워 있는데, 엄마가 기겁을 하며 필순을 뒷방으로 잡아끌었다. 속바지에 피가 흥건히 묻은 걸 보고 필순은 깜짝 놀랐다. 엄마는 장롱에서 불그스름한 자국이 남아 있는 길쭉한 무명천을 꺼내 필순에게 내밀었다.

"엄마가 쓰던 건데, 우선 이걸로 단속을 해."

필순은 얼결에 엄마가 쓰던 무명천을 받아 아랫도리에 찼는데 불편하고 싫었다.

"왜 이런 걸 해야 돼? 이거 안 하면 안 돼요?"

"아이고, 이 철딱서니를 어쩔꼬. 야야 필순아, 인제 너는 애가 아니야. 그러니까 엄마처럼 여자가 된 거야."

언제는 여자가 아니었나. 필순은 엄마의 말이 이해가 되지 않았다. 그때부터 엄마는 부쩍 필순에게 잔소리가 많아졌다. 바르게 앉아라, 찬 데 앉지 마라, 말을 곱게 해라……. 엄마의 잔소리는 끝도 없이 이어졌다.

불이 마지막 춤사위를 거두고 잦아들기 시작했다. 남은 열기로 뜸이 알맞게 들 것이다. 오늘 밥은 아주 잘된 것 같다. 구수한 밥 냄새가 부엌에 진동을 했다.

"밥은 다 됐고!"

필순은 기분이 좋았다. 이제 불 때는 건 하나도 어렵지 않다. 얼마 전까지만 해도 곤욕을 치렀다. 밥을 지을 때, 고구마를 찔 때, 군불을 땔 때마다 검은 연기만 폭폭 내질러서 필순의 속을 까맣게 태웠다. 그때마다 엄마가 말했다.

"이그, 이 시커먼 그을음 좀 보게! 필순아, 나무만 가득 퍼 넣는다고 불이 사는 것이 아니야! 불도 숨을 쉬어야지. 살살 달래야지. 후후 불어 주기도 하고, 요리조리 뙈작거려 주기도 하면서 숨구멍을 터 줘야지."

엄마는 캑캑거리는 불을 잘 달래서 활활 살려 내곤 했다. 필순은 그런 엄마가 요술을 부리는 것 같았다. 언제쯤이면 엄마처럼 불을 잘 땔 수 있으려나 아득하기만 했다.

그런데 언제부터인가 불의 길이 보이기 시작했다. 솔가지는 어긋어긋 놓아서 숨구멍을 터 주고, 관솔불은 싸목싸목(천천히) 타니까 위로 쌓이지 않게 숨구멍을 터 주고, 마른 잡풀은 버르르 타 버리니까 지그시 다독여 주면서 가운데를 벌려 놓으면 되었다. 그러고 보니 불을 다루는 것은 사람 다루는 것과 비슷했다. 고집부리는 동생들을 윽박지르는 것보다는 살살 꼬드기는 것이 더 쉬운 것처럼.

밥이 뜸이 드는 동안 뒷정리를 하기 위해 필순은 옷소매를 걷어붙였다. 엄마가 일러 준 대로 뒤처리를 시작했다. 늘 그렇듯이 자연스럽게 노랫가락이 흘러나왔다.

바람이 분다 바람이 불어
연평 바다에 어얼싸 돈바람 분다
얼싸 좋네 아하 좋네 군밤이여
에헤라 생률 밤이로구나

너는 총각 나는 처녀
처녀 총각이 어얼싸 잘 놀아난다
얼싸 좋네 아하 좋네 군밤이여

에헤라 생률 밤이로구나.

얼마 전 동순에게 새로 배운 〈군밤타령〉이다. 노랫말이 재밌게 계속 반복되어 2절부터는 필순이 마음대로 지어서 불러 버린다.

불이 탄다 불이 타
필순이 가슴에 어얼싸 불이 탄다
얼싸 좋네 아하 좋네 군밤이여
에헤라 생률 밤이로구나.

필순은 어깨와 엉덩이를 흔들어 대며 부엌 바닥을 싹싹 쓸었다. 검불 하나 없이 쓸어 아궁이에 밀어 넣었다. 밥물이 허옇게 흘러 넘친 솥 둘레도 행주로 깨끗이 닦아 냈다.

얼싸 좋네 아하 좋네 군밤이여.

어깨를 들썩들썩, 엉덩이를 흔들흔들, 마지막으로 불티가 날아든 시렁을 닦으려다 이상한 느낌에 사립문 쪽을 바라보았다. 그때 재빨리 베레모 하나가 담장 밑으로 사라지는 것이 보였다.

'누구지?'

필순은 까치발을 하고 내다보았지만 아무도 보이지 않았다. 지나가는 사람이었나. 필순은 춤추고 노래하는 자신을 보지나 않았을까 생각하니 쑥스러웠다.

"이제 오실 때가 됐는데."

새벽같이 산밭으로 일 나갔던 부모님이 오실 때가 되었다. 필순은 까치발을 하고 고샅길(골목길)을 바라보았다. 고샅길 모퉁이에서 두런거리는 말소리가 들렸다. 필순은 얼른 뛰어나갔다. 희부연 아침 안개 사이로 엄마 아버지가 휘적휘적 걸어오고 있었다.

"와, 딱 맞춰서 왔네요. 밥이 아주 맛있게 됐어요!"

필순은 자랑스럽게 말했다. 아침 먹고 바로 또 일 나가실 부모님을 위해 나름으로 열심히 준비를 했으니까.

"애썼구나. 우리 필순이 목소리가 낭랑한 걸 보니 오늘 밥은 성공한 모양이구나, 허허허."

감나무 밑에 지게를 내려놓는 아버지 눈가에 부챗살 주름이 가득 번졌다. 필순은 엄지를 들어 보이며 눈을 찡긋했다. 그런데 엄마가 잰걸음으로 다가오더니 필순에게 눈을 부릅떴다.

"이놈의 지지배가 왜 식전부터 목청을 내지르고 난리야? 나 여기 있소, 하고 온 동네에 자랑질하는 거야?"

뜻밖의 엄마 반응에 필순이 놀라 눈이 동그래졌다.

"에이, 엄만? 내가 무슨 온 동네에 자랑질한다고 그래요? 그냥 노래 부른 거지."

"동네뿐이야? 네 목청 내지르는 소리에 조선 팔도가 다 들썩거렸겠구만!"

"하 참!"

필순은 어이가 없었다.

"이건 목청 내지르는 게 아니라 노래를 부르는 거구만."

밥 잘해 놓고 기다리는 마음은 몰라주고 밑도 끝도 없이 성질을 부리는 엄마가 야속해서 필순도 눈살을 꼿꼿이 세웠다.

"어휴, 철딱서니 없는 것. 노래고 뭣이고 입 다물고 조용히 좀 있어, 제발!"

엄마는 누가 듣기라도 하는 것처럼 목소리를 깔면서 말했다.

"왜 그래? 내가 노래 부르는 게 하루 이틀도 아닌데……. 난 이담에 창가 부르는 사람이 될 거라고 했잖아요. 그러니까 날마다 연습을 해야지, 흡!"

필순이 일부러 큰 소리로 말하자 엄마가 사색이 되어 필순의 입을 틀어막았다.

"쉿! 이것이 지금 동네 분위기도 모르고……. 조용히 있으라면 조용히 있어!"

엄마가 등짝을 후려쳤다. 엄마 눈빛이 뭔지 모를 불안으로 가득 차 있었다. 필순은 아버지를 쳐다보았다.

"임자, 놔두구려. 집에서 우리 필순이 노랫소리 안 나면 그것이 더 이상하지. 필순아, 어서 밥이나 먹자. 밥 냄새를 맡으니까 뱃속이 요동을 치는구나."

아버지는 별일 아니라는 듯 필순에게 손사래를 쳤다. 엄마는 아버지에게 못마땅한 눈빛으로 쏘아붙였다.

"당신은 그 얘기 듣고도 그런 말이 나와요?"

엄마의 서슬에 아버지가 움찔했다. 얼마 전부터 엄마가 좀 이상해졌다. 전에도 잔소리를 안 한 건 아니지만 부쩍 심해졌다. 며칠 전에는 필순에게 어처구니없는 말까지 했다. 방에 누워 있는 필순을 보고 "어휴, 이 다리 긴 것 좀 봐! 지지배가 쓸데없이 키만 커서 어쩌누? 오뉴월 물외(오이) 크듯 하네." 하는 것이었다. 필순은 어이가 없어 엄마를 빤히 쳐다보았다. 엄마도 말을 뱉어 놓고 이상했는지 필순의 눈을 피해 얼른 밖으로 나가 버렸다. 필순이 또래들보다 키가 큰 건 사실이지만 키 큰 게 무슨 잘못이라도 되는 건가. 그리고 키가 크고 싶어서 큰 것도 아닌데 어쩌라고. 노래 부르는 것만 해도 그렇다. 전에는 필순이 노래 한 곡조 뽑고 나면 누굴 닮아 그렇게 목청이 좋으냐며 칭찬을 하더니.

엄마는 머릿수건을 벗어 탈탈 털더니 필순을 향해 눈을 부라렸다. 또 잔소리다 싶어 얼른 돌아서다 필순의 두 눈이 커다래졌다. 베레모 하나가 또 담장 너머로 급히 사라졌다. 필순의 표정을 보고 엄마가 얼른 담장 쪽으로 눈길을 돌렸다.

"왜, 누가 왔어?"

엄마가 놀라 눈을 크게 뜨며 물었다.

"글쎄, 누가 온 것 같기도 하고 아닌 것 같기도 하고."

필순은 고개를 갸웃했다.

"어허, 어서 밥이나 차리라니까."

아버지가 소리를 높였다. 엄마가 얼른 부엌으로 필순의 등을 떠밀었다. 엄마는 부엌에 들어서자 언제나처럼 안을 쓱 훑어보았다.

필순이 회심의 미소를 짓고 서 있었다. 아무리 봐도 꼬투리를 잡을 것이 없을 터였다. 엄마가 말한 대로 완벽하게 뒷정리를 했으니까. 이내 엄마는 말없이 밥그릇을 챙겼다.

'치, 빈말이라도 칭찬 좀 해 주면 어디 덧나나?'

엄마가 주걱을 들고 솥뚜껑을 열었다. 구수한 밥 냄새와 함께 김이 엄마 얼굴을 와락 덮쳤다. 김에 반쯤 가려진 엄마의 얼굴이 왠지 시무룩해 보였다. 필순은 엄마의 기분을 바꿔 보려고 괜히 너스레를 떨었다.

"누가 이렇게 밥을 잘했지? 보리쌀이 나실나실 잘도 퍼졌네."

"그럼 열네 살이나 먹어 갖고 밥도 못 하면 뭐에다 쓰게. 네 할머니는 그 나이에 시집……!"

엄마는 말을 하다 말고 급히 입을 다물어 버렸다. 또 그 말이다.

"치, 열네 살에 시집간 게 무슨 벼슬이라고. 시집가서 밥하고 빨래할 거면 뭐 하러 시집을 가? 그냥 자기 집에서 밥하고 빨래하면 되지."

필순은 엄마 뒤통수에 대고 입을 삐죽거렸다.

"에구! 저, 저……."

엄마는 어이가 없다는 듯 풋, 김빠진 헛웃음을 지었다. 헛웃음이라도 보니 필순의 마음이 조금 누그러졌다. 헤헤헤, 필순도 따라 웃었다.

엄마는 거무튀튀한 보리밥 위에 얹힌 하얀 쌀밥 한 줌을 보리밥 조금과 섞어 아버지 밥을 펐다. 조금 남은 쌀밥을 더 많은 보리밥과 섞어 필순과 동생들 밥을 펐다. 그러고는 솥바닥 밥까지 홀렁 뒤집어 대차게 섞어 엄마 밥을 펐다. 밥그릇에는 쌀 한 톨 보이지 않았다. 지금은 익숙한 풍경이 되었지만 처음 보았을 땐 왜 쌀밥을 똑같이 섞지 않느냐고 투덜거렸다. 그때 엄마는 단호하게 말했다.

"아버지는 이 집의 기둥이야. 기둥이 굳건해야 집에 힘이 있는 거야. 너희는 한창 크는 애들이고."

"그럼 엄만 왜 보리밥만 드셔?"

"난 보리밥이 소화가 잘돼서 좋아."

아무리 그래도 필순은 엄마의 밥 푸는 방식이 마음에 들지 않았다. 소화가 잘돼서 방귀를 뿡뿡 뀌는 건 오히려 아버지였다.

둥그런 두리반에 가족들이 둘러앉았다. 아홉 살과 열 살, 연년생인 남동생들은 밥 한 그릇을 게 눈 감추듯 먹어 치우고는 필순의 밥그릇을 흘끔거렸다.

"어딜 넘봐?"

필순이 눈을 부라리며 숟가락을 얼러 매자 엄마가 얼른 동생들에게 밥을 한 숟가락씩 퍼 주었다. 엄마 밥이 쑥 내려갔다. 필순이 자기 밥그릇에서 한 숟가락을 푹 퍼서 엄마 밥그릇에 담았다. 엄마가 한사코 또 덜어 필순의 밥그릇에 담았다.

"오늘 주재소에 빨래하러 가는 날이잖아. 그거 먹고 어떻게 일할라고요?"

"에구, 이럴 땐 다 큰 거 같네."

엄마는 대견스럽다는 듯 필순을 바라보았다.

"그럼 다 컸지. 내가 엄마보다 한 뼘은 더 큰데."

필순이 엄마 머리를 제 목 높이로 끌어내리는 시늉을 했다.

"그래, 우리 필순이가 어느새 엄마보다 더 컸더구나!"

아버지가 보기 좋게 눈가에 부챗살 주름을 잔뜩 만들었다. 남동생 둘이 서로 목을 뽑아 올리며 키 재기를 하자 엄마가 웃었다. 엄마의 웃음이 필순의 가슴에 박하 향처럼 싸하게 번졌다.

아버지가 깜박 잊었다는 듯 급하게 일어섰다.

"참, 얼른 구장區長 댁에 들렀다가 산밭에 가야겠네."

"구장 댁엔 왜요?"

엄마가 놀라 물었다.

"글쎄, 어제 연장 갖다 주러 큰집에 들렀더니 형님이 그러시더라고. 구장 어른이 의논할 게 있으니 아침 먹고 함께 오라 했다고."

"무슨 일일까요?"

갑자기 엄마 얼굴이 어두워졌다.

"가 보면 알겠지."

"혹시 애들 일?"

"넘겨짚기는……. 필순인 아직 나이가 안 됐잖아!"

필순은 자기 말인 것 같아 귀가 쫑긋해졌다.

"내 나이가 아직 안 됐다니 뭐가요?"

"……."

엄마는 근심스러운 눈빛으로 아버지 얼굴만 쳐다보았다. 아버지는 곰방대를 챙겨 마루로 나갔다. 엄마도 주재소에 일 나갈 채비를 하며 필순에게 당부했다.

"마실 나다니지 말고 집에 있어. 그놈의 창가인지 뭔지 좀 부르지 말고……. 그리고 오늘부터는 야학에도 가지 마라."

"왜요? 왜 야학에 못 가게 해요?"

필순은 마실 못 가게 하는 건 받아들이겠는데, 뜬금없이 왜 야학엔 나가지 말라고 하는지 이해가 안 되었다.

엄마는 필순의 물음에는 대답을 않고, 나가지 말라는 당부만 몇 번이나 한 뒤 서둘러 집을 나섰다. 읍에 있는 주재소까지는 시오 리 길이라 엄마를 붙잡고 따질 시간이 없었다. 엄마는 닷새에 한 번씩 주재소로 빨래하러 다닌다. 주재소에 상주한 일본 순사들의 빨래를 해 주고 부족한 식량을 보충받고 있었다.

'무슨 일일까. 구장 어른이 큰아버지랑 아버지를 부른 게 나하고 관계되는 일이면 분명히 동순 언니하고도 관련이 있을 거야. 동순 언니는 뭔가 알고 있을지 몰라.'

필순은 설거지를 끝내고 동순에게 가 보기로 마음먹었다. 아무리 엄마가 나가지 말라고 했어도 이대로 가만히 있다간 궁금해서 죽을 것만 같았다.

감골 소녀

필순은 만날 다니는 동네 안길을 택하지 않고 사람들 눈에 잘 띄지 않는 길로 가기로 했다. 동네 안길로 가다가 누군가와 마주치면 엄마 귀에 들어갈지도 모른다. 집 뒤로 이어지는 야산을 넘어가는 길은 아버지가 큰집으로 바삐 갈 때 다니는 길이다. 전에 아버지와 함께 두어 번 가 본 적이 있다. 닦여진 길이 아니라서 걷기에 불편했다. 잡목이 우거지고 땅이 고르지 않아서 몇 번이나 헛발질을 했었다.

필순이 사는 마을은 감골로 불리지만 정식 이름은 '시목柹木마을'이다. 감나무가 많아서 붙은 이름이다. 집집마다 감나무가 없는 집이 없다. 감골은 작은 야산을 사이에 두고 웃뜸(윗마을)과 아래뜸(아랫마을)으로 나뉘는데, 필순은 아래뜸에 산다. 스무 집 남짓한 아래뜸보다 웃뜸이 훨씬 컸다.

필순은 잡풀을 헤치며 뒷산을 올랐다. 신작로에서 보면 야트막

한 야산이지만 올라 보면 그리 낮지도 않다.

아버지는 어떻게 이런 길을 지름길이라고 한담? 하긴 아버지 걸음으로 성큼성큼 질러가면 단숨에 갈 수도 있겠다. 아버지는 키가 커서 보폭이 남들보다 컸다. 필순은 숨을 헉헉대며 정상에 다다랐다. 막혔던 앞이 훤히 트이면서 산 아래에 자리 잡은 마을이 눈에 들어왔다. 위에서 내려다보니 고만고만한 초가지붕들이 어깨를 맞대고 있다. 그 사이로 고샅길들이 손금처럼 뻗어 있다. 필순은 손바닥을 펴서 마을을 덮는 시늉을 해 보았다. 손안에 들어온다. 엄마 몰래 동무 집에 갈 때는 참 멀게 느껴지던 길, 마을 샘에 물 길러 갈 때도 고샅길을 몇 개나 돌아가야 하는데……. 우리 동네가 이렇게 작았나? 그럼 경성은 얼마나 클까? 읍내보다 백 배? 아니, 천 배 클까? 야학 선생님들께 들은 경성은 다른 세상처럼 느껴졌다. 경성에서 온 야학 선생님들만 봐도 뭔가 특별해 보인다. 경성에 사는 사람들은 얼마나 멋질까.

'아, 나도 경성에 가고 싶다. 가수가 되려면 경성으로 가라고 했는데.'

필순은 괜히 짜증이 났다.

'경성은 무슨 경성, 지금 당장 밖에도 못 나가게 하니까 동순 언니한테도 몰래 가면서…….'

에잇, 필순은 우북한 풀포기를 냅다 걷어찼다. 그 소리에 놀랐는지 덤불숲에서 참새 떼가 파르르 날아올랐다. 장끼 한 마리도 꾸어엉, 비명을 질러 대며 날아갔다.

큰집 고샅길에 접어들었을 때였다. 웬 남자가 큰집 담벼락에 붙어서 안을 넘겨다보고 있었다. 베레모를 썼다. 베레모? 필순은 왠지 모자가 낯익다는 느낌이 들었다. 옆에 자전거가 세워져 있었다.

"누구세요?"

베레모가 흠칫 놀라 돌아봤다. 처음 보는 얼굴이었다. 베레모의 눈이 빠르게 필순의 위아래를 훑었다.

"넌……?"

필순을 알아보는 눈치였다.

"저를 아세요? 여긴 우리 큰집인데, 우리 큰아버지 찾아왔어요?"

필순의 말에 베레모의 눈빛이 한순간 빛나더니 야릇한 미소를 머금었다. 그러고는 아무 말 없이 자전거에 올라타더니 쌩 고샅길로 사라졌다.

"뭐야? 멀쩡하게 생겨서는 도둑괭이처럼."

필순은 구시렁거리며 큰집 사립문을 밀고 들어갔다.

"어, 필순이 왔구나. 안 그래도 너한테 가려던 참인데. 근데 누가 왔어? 말소리가 들리던데."

동순이 필순의 어깨 너머 사립문 쪽을 바라보며 물었다.

"응. 어떤 남자가 담 너머로 집 안을 넘겨다보고 있기에 누구냐고 물었더니 말을 안 해. 날 쓱 훑어보고 기분 나쁘게 웃더니 가버렸어. 별 싱거운 사람 다 보겠네."

필순은 고샅길 쪽을 보며 투덜거렸다.

"누구지? 아버지를 찾아왔나?"

"안 그래도 내가 물어봤지. 근데 대답을 안 하더라니까. 참, 언니! 아까 우리 엄마 아버지가 이상한 얘기를 했어. 구장 어른이 큰아버지랑 우리 아버지한테 아침에 오라고 했대. 근데 엄마가 깜짝 놀라며 애들 때문이냐고 묻더라고. 언니랑 나를 말하는 것 같은데, 무슨 일이냐고 물어도 안 가르쳐 줘. 뭔가 있는 것 같은데……. 언니는 뭘 좀 아나 해서 왔어."

"글쎄, 무슨 일일까."

동순도 모르는 것 같았다. 필순은 답답했지만 어쩔 수 없었다.

"에이, 모르겠다. 때 되면 알게 되겠지 뭐. 근데 언니 아까 나한테 오려고 했다며? 왜?"

"참, 읍내에 악극단이 들어왔대. 유명한 가수들이 왔다니까 같이 보러 가자고."

"정말?"

"선생님께는 죄송하지만 오늘은 야학당에 가지 말고 공연 보러 가자."

"그래. 히히히."

필순은 너무 좋아서 동순의 팔을 붙잡고 방방 뛰었다. 생각지도 못했던 횡재였다. 그 바람에 뭔가 찝찝했던 기분이 거짓말처럼 사라졌다. 필순은 동순이 있어서 참 좋았다. 동순은 읍내에 사는 친구들이 있어서 새로운 소식을 빨리 알았다. 필순에게 새 노래도 여러 곡 가르쳐 주었다.

"우리 엄마 이상해. 꼭 뭔가에 쫓기는 사람 같아. 집에서 노래도 못 부르게 하고 야학에도 가지 말래."

"작은엄마는 너 야학에 다니는 거 좋아하셨는데 왜?"

"첨엔 그랬는데, 야학 선생님이 이상한 걸 가르친다고."

"이상한 거라니?"

"경성 이야기나 다른 신기한 이야기들 말이야. 난 좋은데. 내가 괜히 다 얘기했나 봐. 그래서 이제는 야학에서 배운 거 집에 가서 말 안 해."

"어른들은 이해 못 할 수도 있지."

"난 엄마도 신기해하고 재미있어할 줄 알았지. 언젠가 나도 경성에 가 보고 싶다고 했다가 엄마 눈이 튀어나올 뻔했어. 히히히."

야학 선생님들은 한글 말고도 많은 걸 가르쳐 주었다. 필순은 일 년 전 처음 야학당 선생님을 만났던 순간이 불현듯 떠올랐다.

산벚꽃이 앞산 뒷산에 구름처럼 몽글몽글 피어나던 즈음이었다. 농사일이 막 시작되는 시기라 사람도 풍경도 한껏 들썩이던 어느 날이었다. 필순이 새참을 이고 논길을 가고 있는데 맞은편에서 세 청년이 오고 있었다. 하얀 와이셔츠에 검은 양복바지를 말쑥하게 빼입은 청년들은 무거워 보이는 가방을 들고 있었다. 부잣집 도련님들 같았다. 길은 외길이라 누군가 비켜 주어야 했다. 적당한 거리에서 필순이 비켜 줄 생각이었다. 그런데 그들이 먼저 논둑 아래로 내려섰다. 필순은 당황스러워 어쩔 줄 몰랐다. 하찮은 농투성이 계집아이에게 부잣집 도련님들이 먼저 길을 비켜 준 배려가 무척 낯설었기 때문이다. 필순은 새참 바구니를 이고 있어 고맙다는 인사도 못 한 채 얼떨떨한 기분으로 지나쳐 왔다.

'저렇게 멋진 사람들이 우리 마을엔 무슨 일로 왔을까?'

필순은 몇 번이나 뒤를 돌아보았다.

며칠 후, 동순이 야학에 다니자고 필순을 데리러 왔다. 뜬금없는 말에 필순과 부모님은 어리둥절했지만, 야학당을 소개하는 동순은 흥분되어 있었다. 특히 선생님들에 대해 말을 할 때는 볼이 발갛게 상기됐다.

"경성에서 온 대학생들이래요. 뜻 있는 대학생들이 농촌에 야학을 개설하러 나섰대요. 가난한 농촌 아이들에게 한글을 가르쳐 주려고요. 이제 읍내 학교에서도 한글을 못 가르치게 한대요. 일본 글자와 일본 말을 배워 일본에 충성하라고요. ……근데 야학 선생님이 한글은 우리 조선의 글이니까 꼭 배워야 한다고 했어요. 작은아버지, 필순이 야학에 가서 공부하게 해 주세요. 선생님들이 그랬어요. 이제 여자도 배워야 한다고요!"

동순은 벌써 야학에 다니는 모양이었다. 그래서인지 다른 때보다 말이 조리 있고 분명했다. 엄마 아버지도 그런 느낌을 받았는지 적잖이 놀라는 표정이었다.

"공부 삯은 얼마나 내랴?"

아무리 좋은 일을 한다고 하더라도 얼마간의 월사금은 있을 거라 생각했는지 아버지가 동순에게 물었다.

"그런 거 없어요! 공짜로 가르쳐 준대요."

동순이 두 손을 내저으며 말했다.

"비싼 돈 주고 배운 공부를 왜 공짜로 가르쳐 줘?"

아버지는 고개를 갸웃했다. 자기가 아는 계산법으로는 이해가 되지 않았던 것이다. 세상에 공짜가 어디 있나, 긴 세월 부쳐 먹는 땅에도 떼어 가는 소작료가 만만찮았다. 그뿐인가. 극심한 흉년에도 소작료는 꼬박꼬박 받아 갔다. 그런데 이 같은 세상에 공짜라니, 아버지는 미심쩍은 눈빛으로 동순을 바라보았다. 그때 엄마가 나섰다.

"공짜로 가르쳐 준다면야 가서 배워야지. 아니, 쌀 한 됫박이라도 내야 한다면 내야지. 양반 상놈도 없어진 세상인데, 글자를 알아야 일해 준 삯도 제대로 받지!"

엄마는 주재소 빨래를 해 주고 전표를 받으면 구장 어른에게 달려가 물어보곤 했던 것이 늘 부끄러웠던 터였다.

"야학 선생님도 그런 말을 했어요. 억울하게 당하지 않으려면 배워야 한다고요."

기회다 싶었는지 동순이 엄마 말에 맞장구를 쳤다.

"나도 그 선생님들 봤어. 확실히 뭔가 좀 달라 보이긴 했어."

필순이 얼마 전 논둑길에서 세 청년과 마주쳤던 이야기를 했다. 그 말에 아버지도 화들짝 놀라는 표정이었다.

"그런 사람들이라면 믿음이 가는구먼."

아버지가 고개를 끄덕였다.

다음 날부터 필순은 야학당에 나갔다. 크지 않은 판자 조각에 '들불야학당'이라고 쓴 문패가 출입문 위에 당당히 붙어 있었다. 감골과 인근 마을 아이들 십여 명이 모여 공부를 시작했다. 세 명의 선생님은 저마다 분야를 나누어 학생들을 가르쳤다.

필순은 열심히 야학에 다녔다. 띄엄띄엄 읽기는 했지만 자신 있게 쓸 줄은 몰랐던 글자들이 서서히 눈에 들어왔다. 어디서고 보이는 글자를 읽어 내는 재미가 쏠쏠했다. 필순은 하루도 빠지지 않고 열심히 출석부에 동그라미를 쳤다. 계절이 바뀔 때쯤 한글을 뗐고, 집에서 동생들에게도 틈틈이 이름자부터 가르쳤다. 엄마 아버지가 흐뭇해했다.

필순은 한글 공부를 열심히 하면서도 다른 것에 관심이 많았다. 선생님들로부터 새롭고 놀라운 이야기를 듣는 것이었다. 특히 경성 이야기가 그랬다.

"경성은 날로 새로워지고 있어. 거리엔 파마머리에 삐딱구두(뾰족구두)를 신고 양산을 쓴 신여성들과 흰 와이셔츠에 꽉 낀 양복 조끼를 입고 맥고모자(밀짚모자)를 쓴 모던보이들이 넘쳐나지. 그런 남녀가 만나 서로 자유롭게 연애도 하면서 말이야. 단성사라는 영화관에 가서 같이 영화도 보고 다방에서 나팔꽃처럼 생긴 유성기에서 흘러나오는 신식 가요를 들으며 코피(커피)도 마시고……."

선생님이 들려주는 경성 이야기는 마치 다른 세상 이야기 같았다. 정말 이 세상에 그런 곳이 있는 걸까? 이야기를 들을 때마다 필순은 가슴이 두근거렸다.

'언젠가는 꼭 경성에 가 볼 거야. 유성기에서 흘러나오는 신식 가요를 들으며 코피도 마셔 봐야지.'

필순에게 야학당은 꿈을 키우는 텃밭 같았다.

"선생님, 나도 이담에 경성 가서 가수가 되고 싶어요. 가수가 되려면 어떻게 해야 돼요?"

"그래, 필순이는 노래를 참 잘하지?"

"잘한다기보다…… 노래 부르는 게 좋아서요. 저는 창가를 부르는 가수가 되고 싶어요."

필순은 쑥스러워하며 얼굴을 붉혔다.

"그래? 듣던 중 반가운 소리다. 되고 싶은 게 있다는 건 참 행복한 일이니까. 근데 요즘 경성에서는 창가보다는 가요를 많이 부르는 추세야. 가요는 따라 부르기도 쉽고, 유성기 때문인지 가요 음반도 많이 나와 있거든."

"음반이 뭐예요?"

"가요를 모아 놓은 건데, 이를테면 노래 보따리쯤 될까?"

"노래 보따리요?"

선생님의 말에 필순은 풀이 죽었다. 사실 창가는 많이 알지만 신식 가요는 잘 모른다. 가끔 동순이 읍내서 듣고 오면 가르쳐 주긴 했지만.

선생님은 필순의 마음을 읽었는지 웃으며 덧붙였다.

"요즘은 악극단이 만들어져서 지방으로 순회공연을 많이 다닌

다니까 언젠가 읍내에 오면 한번 보렴."

"악극단은 또 뭔데요?"

"노래와 연극을 섞어서 하는 극단이야. 언젠가 나도 한 번 봤는데 주로 가요를 많이 부르더라."

"선생님, 신식 가요 많이 아세요? 가요 좀 가르쳐 주세요, 네?"

필순의 가슴은 수많은 질문으로 터질 것만 같았다. 그런 날은 돌아와 잠자리에 누워도 쉽사리 잠이 오지 않았다. 간신히 잠이 들면 꿈속에서 자신이 신여성이 되어 뾰족구두를 신고 어딘가를 향해 끝없이 걷는 꿈을 꾸었다. 아침에 일어나면 거짓말처럼 발목이 아팠다.

그런가 하면 또 어떤 선생님은 붕붕 떠 있는 마음에 묵직한 바윗돌을 매달아 주기도 했다. 필순이 태어나기 훨씬 전에 일어났던 조선이 일본의 속국이 된 이야기를 들려주었다. 그렇지만 조선인인 우리는 절대 일본인이 될 수 없다는 이야기를 하며 낮게 으르렁거렸다. 그리고 나라 밖 먼 곳에서는 조선을 되찾기 위해 의로운 젊은이들이 목숨을 걸고 독립운동을 하고 있다는 이야기도 들려주었다. 또 다른 놀라움이었다.

"조선을 꼭 찾아야 돼요? 피를 흘리면서까지, 왜 찾아야 하는데요?"

필순은 원래부터 이렇게 사는 건 줄 알았다. 일본 사람은 상전이고, 조선 사람은 종처럼 사는 것이 당연하다고 생각했었다. 아버지도 큰아버지도 구장 어른도 일본 사람 앞에서 허리를 굽혔다.

"원래 이 땅의 주인은 조선 사람들인데, 일본이 조선을 힘으로 빼앗은 거니까."

"그럼 뺏기지 말았어야죠. 죽기 살기로 지켰어야죠!"

필순은 자기도 모르게 선생님께 목소리를 높였다.

"필순이 네 말이 맞다. 지켜 내지 못해서 지금 우리가 핍박을 받는구나. 그러나 지금이라도 조선을 되찾는다면 더 이상 일본 순사를 두려워하지 않아도 되겠지."

다른 건 몰라도 필순은 일본 순사를 두려워하지 않아도 된다는 말이 마음에 들었다. 어른들도 아이들도 벌벌 떨게 하는 일본 순사가 무섭지 않은 날이 온다면……. 그런 날이 올 수 있다면, 조선을 찾아야 할 것 같았다.

필순은 마른 가지를 뚫고 나오는 새싹처럼 빼꼼 세상을 내다보기 시작했다. 그리고 조금씩 생각의 잎이 자라나고 있었다.

"오늘 집에 있었지?"

일을 마치고 돌아온 엄마는 필순부터 단속했다.

"네. 감나무처럼 꼼짝 않고 있었어요."

필순은 사립문 옆에 수문장처럼 서 있는 감나무를 가리키며 눈을 내리깔았다. 엄마 눈엔 삐진 것처럼 보였겠지만 사실은 엄마 눈을 빤히 쳐다보며 거짓말을 하기가 힘들었기 때문이다. 동순만 잠깐 만나고 왔으니 아무도 본 사람이 없을 터이지만.

"휴!"

엄마는 필순의 대답에도 안심이 안 되는지 한숨을 내쉬었다.

"근데 네 아버지는 왜 여태 안 들어오누? 산밭 일도 벌써 끝났겠구먼."

엄마는 목을 빼고 고샅길을 내다보았다.

"어디서 약주라도 드시고 오나 보지 뭐."

엄마는 오래된 홍시처럼 잔뜩 쪼그라든 모습으로 고샅을 서성거렸다. 감나무 그림자가 마당에 거인처럼 드러누울 때까지 내내 기다렸다. 전에 없이 아버지를 기다리는 것을 보니 구장에게 불려 간 이유가 영 신경이 쓰이는 모양이었다.

"아이 참, 무슨 일이냐고요? 나도 좀 알면 안 돼요?"

필순이 불퉁거리자 생각에 골똘해 있던 엄마가 희뜩 쳐다보았다. 알 수 없는 불안의 그림자가 엄마 얼굴에 드리워져 있었다.

엄마가 저러고 있으니 필순은 동순과 한 약속을 지킬 수가 없었다. 개밥바라기(저녁 무렵에 보이는 금성)가 뜰 때쯤 동네 어귀에서 만나 함께 악극단 공연을 보러 가자고 했는데 말이다. 읍내에 사는 동순의 친구가 소식을 알려 줘서 알게 된 건데, 필순도 데려가 주겠다고 했다. 어쨌든 아버지가 와야 빠져나갈 수가 있다. 필순은 발만 동동 굴렀다. 그때였다.

"아이고, 사람 애타 죽는 꼴을 봐야 속이 시원하겠소? 왜 이제 와요?"

터벅터벅 걸어오는 그림자를 향해 엄마가 냅다 소릴 질렀다. 필순은 잽싸게 뛰어나갔다. 어둠 속에서 드러난 아버지는 꼭 패잔병 같았다. 지게에 걸린 낫이며 쇠스랑, 수건이 나갈 때 모습 그대로 있는 걸로 보아 산밭에는 가지 않은 것 같았다. 술 냄새가 물씬 풍겨 왔다.

"웬 약주를 이렇게 했어요? 구장 댁에 간 일은 어떻게 됐어요?"

아버지가 엄마 말에 아무런 대꾸도 없이 그대로 마루에 누워 버렸다.

"뭐라고 말 좀 해 봐요. 속 타 죽겠네! 근데 오늘 주재소에서 들으니까, 그 일보다는 야학당 일이 더 급한가 봅디다. 당장 야학당 선생들을 잡아들일 것 같던데, 그럼 그 일도 흐지부지되지 않겠어요?"

"흥, 야학당?"

아버지가 엄마 말에 콧방귀를 뀌었다. 잘못 짚었다는 의미일 터였다.

"야학 선생들이 그 뭐냐, 불온한 운동을 했다고 다 잡아들일 거라고 하던데요. 조선말을 가르친다면서 애들한테 불온한 사상을 심어 준다고. 출장 갔던 순사들까지 죄다 불러들인 걸 보면 아무래도 곧 시끄러운 일이 생길 것 같던데."

"다 눈가림이여."

"뭔 소리요?"

"야학 선생들이 뭔 죄여?"

"하긴 나도 애들한테 공짜로 공부를 가르쳐 주는 것이 뭔 죄가 되는 건지는 모르겠지만……. 암튼 그 바람에 애들 일은 잠잠해지지 않겠어요?"

부엌에서 밥상을 차리고 있던 필순은 깜짝 놀랐다. 야학당에 안 좋은 일이 생긴 모양이다. 필순은 빨리 이 사실을 선생님들에게 알려 줘야겠다는 생각이 들었다. 평소 야학당 선생님들이 주재소 순사들을 그다지 무서워하는 것 같진 않았지만, 그래도 미리 알려 주면 대처하는 데 도움이 될 것 같았다. 필순은 서둘러 상을 봐 놓고 부엌 뒷문으로 살그머니 빠져나왔다.

필순은 숨이 턱에 닿도록 뛰었다. 어슴푸레한 하늘을 배경으로 동네 어귀 느티나무가 보였다.

"언니, 동순 언니!"

"어, 필순아 왔구나. 늦어져서 못 오나 했어."

"언니, 큰일 났어. 엄마가 그러는데, 순사들이 야학당 선생님들을 잡아들이려고 한대."

"왜? 선생님들이 무슨 죄를 졌다고?"

"몰라. 암튼 빨리 알려 드려야겠어."

"악극단 공연은 어쩌고?"

동순의 말에 필순은 잠시 망설였다. 급한 마음에 그 사실을 깜박 잊고 있었다. 악극단 공연을 꼭 보고 싶었지만, 야학당 일이 더 중요했다.

"……언젠가 또 오겠지?"

"안 가겠다고? 이런 기회가 또 언제 오겠어?"

동순이 놀란 목소리로 물었다.
"그렇긴 하지만, 지금 선생님한테 알려 주지 않으면 잡혀갈지도 모르잖아."
아쉬움과 불안이 교차하는 눈빛으로 필순이 말했다.
"설마, 진짜 순사들이 선생님들을 잡아갈까?"
"엄마 말이 순사들의 움직임이 심상치 않더래. 우리 공연은 다음에 보고 야학당으로 가자, 응?"
잠시 머뭇거리던 동순이 못 이기는 척 고개를 끄덕였다.
"그래, 가자. 야학당으로."
필순은 동순과 읍내가 아닌 야학당 쪽으로 발길을 돌렸다. 야학당은 웃뜸 끄트머리에 있는 최 부잣집 별채를 얻어 쓰고 있었다.
"언니, 선생님들 잡혀가면 어쩌지?"
"아닐 거야. 전에도 순사들이 야학당을 검사하러 나왔었지만 그냥 갔잖아. 괜찮으니까 그냥 갔겠지."
"선생님들이 아이들에게 불온한 사상을 심어 준다고 했다는데, 우리한테 새로운 것을 알려 주는 게 불온한 사상인가? 난 공부보다 그런 이야기를 듣는 게 더 좋았는데."
"나도. 특히 새로운 노래를 배울 수 있어서 참 좋았어."
"맞아. 선생님들 덕분에 신식 가요도 많이 알게 됐고."
"난 이담에 가수가 될 거야!"
갑자기 동순이 두 팔을 벌리고 하늘을 향해 외쳤다.
"나도!"

필순도 동순을 따라 했다.

"너도?"

"응. 나도 가수가 될 거야."

필순은 처음으로 동순에게 자기 꿈을 얘기했다.

"그래. 필순이 네 목소리는 맑고 호소력이 있어. 노래도 잘하니까 가수가 될 수 있을 거야."

"정말? 그래도 아직 언니만큼은 아니야."

"아냐. 네가 더 잘해!"

"언니가 더 잘해!"

필순과 동순은 호호호, 깔깔깔 수다를 떠느라 야학당에 가는 것도 잊고 있었다. 누가 먼저 시작했는지도 모르게 노래를 불렀다. 한 곡씩 번갈아 부르다가 함께 부르고, 구절을 나누어 부르면서 아는 노래는 죄다 불렀다. 민요도 부르고, 창가도 부르고, 가요도 불렀다. 둘이 함께 부르니 까먹었던 가사도 저절로 생각났다.

"언니, 경성에선 창가보다 가요가 대세라니까 가요를 부르자. 선생님이 그랬잖아. 선생님이……."

앗, 그제야 필순은 노래의 마법에서 풀려나 야학당에 가던 길이었다는 걸 깨달았다.

"야학당!"

혼비백산 길을 돌아보니 웃뜸 최 부잣집 쪽으로 가는 게 아니라 필순이네 아래뜸으로 가고 있었다. 둘은 서로를 쳐다보며 깔깔깔 웃었다.

야학당은 불이 꺼져 있었다.

"어떻게 된 거지? 오늘 수업 있는 날인데?"

가까이 가 보니 문이 열린 채 야학당 안의 집기들이 여기저기 널브러져 있었다. 벽에 붙여 놓았던 자음모음 글자판들도 죄다 찢겨져 너덜거렸다. 어디에도 인기척은 없고 어둠만이 야학당을 무겁게 내리눌렀다. 왈칵 무섬증이 몰려왔다. 필순은 동순의 손을 더듬어 잡았다.

"이 지지배가 어디 갔다 오는 거야?"

사립문을 들어서는 필순을 보며 엄마가 버럭 고함을 질렀다. 그러다 필순의 심상찮은 표정을 보고 놀라 물었다.

"얘가 왜 이래. 무슨 일 있었어?"

"엄마, 야학당…… 선생님들 잡혀갔나 봐."

"뭐, 야학당에 갔었어? 거기 가지 말랬잖아. 근데…… 벌써?"

"이 천하에 나쁜 쪽발이 새끼들! 이미 데려갈 애들 다 정해 놓고 눈가림하는 거여. 동네에 숭헌 소문 돌까 봐. 눈엣가시였던 야학당도 이참에 없애려고 엮는 거지. 에잇, 퉤! 쪽발이 새끼들."

방 안에서 자는 줄 알았던 아버지가 느닷없이 소릴 질렀다. 엄마가 놀라 방 안으로 뛰어 들어가 아버지 입을 틀어막았다.

"필순 아버지, 누가 들으면 어쩌려고 그래요?"

엄마의 애끓는 목소리가 새어 나왔다. 그러나 취한 아버지는 기세등등하여 말릴수록 더 했다.

"흥, 공장에 취직시켜 준다고? 웃기고 있네. 작년에 데려간 옆 동네 애들, 아직까지 소식 한 장 없다네. 잘 있으니 걱정 말라고? 아녀, 뭔가 수상해. 소문처럼 애들을 험한 곳에 팔아먹은 게 분명해. 우리 필순이랑 동순이 어쩔 거나…… 크윽."

"절대 안 돼요. 우리 필순이 못 보내요, 흑흑."

필순은 토방에 우두커니 서서 방 안에서 들려오는 아버지와 엄마의 절규를 듣고 있었다. 필순은 그제야 깨달았다. 그동안 엄마의 이상한 행동과 아버지의 무거운 고민이 무엇 때문이었는지.

한바탕 때 아닌 소나기가 퍼부을 듯 먹구름이 잔뜩 낀 밤하늘에 별이 사라지고 없었다.

꽃샘추위

"봉만복, 봉만복 나와라!"

사립문이 그악스럽게 열어젖혀지더니 제복을 입은 일본 순사들이 들이닥쳤다.

"아이고, 나리들. 아침 댓바람부터 무슨 일이십니까?"

엄마가 혼비백산 뛰어나가 순사들 앞에 머리를 조아렸다. 그러거나 말거나 한 순사가 다짜고짜 신발을 신은 채 마루로 올라와 방문을 열어젖혔다. 자고 있던 동생들이 놀라 울었다. 아버지가 안방에서 저고리를 꿰입으며 뛰어나왔다.

"무, 무슨…… 제가 봉만복입니다만."

"봉만복, 불령선인不逞鮮人들과 내통하여 대일본 제국에 불충을 저지른 죄로 체포한다!"

우두머리로 보이는 순사가 말했다.

"예? 농투성이인 제가 누구와 무엇을 내통했단 말입니까?"

"뭐가 어째?"

순사 한 명이 다짜고짜 아버지 배를 걷어찼다. 억 소리를 내며 아버지가 고꾸라지자 다른 순사가 아버지 등을 짓밟았다. 엄마가 울부짖으며 순사의 다리에 매달렸다.

"아이고 나리, 왜 이러신데요? 우리 애들 아버지가 무슨 죄를 졌다고 이러신데요. 예?"

"죄를 지었는지 안 지었는지는 주재소 가서 조사해 보면 알겠지."

우두머리 순사가 집 안을 쓱 훑어보더니 부엌문 앞에서 떨고 있는 필순에게 눈길을 멈추었다. 필순이 움찔 놀라 들고 있던 바가지로 얼굴을 가렸다.

"호오, 저기에 그 증거가 있구만. 야학에 다니면서 불온한 사상에 열렬히 선동된 봉만복의 딸!"

"천부당만부당한 말씀입니다. 저 아이가 야학에는 다녔지만, 단지 글자 공부만…… 윽."

순사가 엄마의 머리채를 휘어잡고 야릇한 미소를 흘렸다.

"글자 공부? 조선말을 배운 것 자체가 대일본제국에 불충을 저질렀다는 걸 모른단 말이야?"

"아이고, 잘못했습니다. 그저 까막눈이나 면해 보려는 짧은 소견에……. 한 번만 용서해 주십시오."

매달리는 엄마를 순사가 사정없이 걷어찼다. 엄마가 억 하고 소리를 지르며 쓰러졌다.

"엄마!"

필순이 달려가 엄마를 끌어안았다.

"임자, 가만있어! 그러다 몸만 상하네. 내 뭐라든가!"

아버지가 순사들에게 질질 끌려가면서 소리쳤다. 걷어차인 배를 움켜잡고 엄마가 신음을 했다. 너무 놀라서인지 필순은 울음도 나오지 않았다. 아버지의 비명이 고샅길에서 메아리처럼 들려왔다. 저들은 큰집 쪽으로 가고 있을 터였다.

"이 일을 어쩔 거나. 니 아버지 말이 맞나 보다. 설마 했는데……."

엄마가 필순을 끌어안고 울음을 터뜨렸다.

"아버지, 어떻게 돼요?"

아버지가 끌려간 지 한나절이 지났지만 필순과 엄마는 아무런 대책도 없이 그저 한숨과 울기를 반복할 뿐이었다. 그러다 엄마가 묘안이라도 떠올랐는지 정색을 하고 중얼거렸다.

"잠깐, 뭔가 착오가 있어……. 이러고 있을 게 아니라 내가 가서 직접 확인해 봐야겠어. 분명히 뭔가 잘못됐어."

엄마는 서둘러 검정 고무신을 꿰신었다.

"왜요? 어딜 가려고요? 뭐가 잘못됐다는 거예요?"

엄마는 비장한 표정으로 사립문을 휘휘 빠져나갔다.

엄마가 나가고 얼마 안 있어 동순이 찾아왔다. 필순은 동순에게 이 모든 사달이 야학에 다녔다는 이유만이 아니라는 걸 알려줬다. 이야기를 듣고 난 동순도 고개를 끄덕였다.

"우리 이제 어떻게 되는 거지? 야학 선생님들을 불령선인으로 몰아서 아버지들을 끌고 간 거 보니까……."

"언니, 정말 공장이 아니고 다른 곳으로 끌고 갈까?"

필순과 동순이 코가 쑥 빠진 채 앉아 있는데 낯선 남자가 사립문을 열고 들어섰다.

"누, 누구세요?"

동순이 놀라 벌떡 일어섰다. 필순은 한눈에 베레모를 알아봤다.

"왜 자꾸 남의 집을 염탐하는 거예요?"

필순이 베레모를 쏘아보며 말했다. 필순의 말에 동순도 눈살을 꼿꼿이 세워 베레모를 쏘아보았다. 베레모가 배시시 웃으며 다가왔다.

"염탐이라니 무슨 그런 섭섭한 말을. 난 경성에서 여공을 모집하러 왔다. 대일본제국이 지금 전쟁 중이라 군수품을 만들어야 하는데, 일손이 부족하거든."

"전쟁이라뇨?"

필순이 놀라 물었다.

"아, 대일본제국이 전쟁에 나가기만 하면 이기고 돌아오잖느냐. 그래서 지금 여공이 필요하다. 너희가 여공으로 간다면 네 아비들을 풀어 주겠다. 어때, 돈도 벌고 효도도 할 수 있는 좋은 기회잖아."

"주재소에서 끌고 갔는데 어떻게 아저씨가 풀어 줄 수 있다는 거죠?

베레모의 말에 동순이 의심에 찬 눈초리로 물었다.

"지금은 그 무엇보다 전쟁이 먼저다. 아무리 주재소장이라도 내가 그렇게 하겠다면 반대할 수 없어. 난 이시무라 경무국장의 명으로 온 거니까. 게다가 경성은 너희처럼 예쁜 애들이 살기에 좋은 곳이지."

"경성이요?"

경성이라는 말에 필순이 저도 모르게 큰 소리로 물었다. 필순의 반응에 베레모가 미소를 짓더니 더 적극적으로 말했다.

"그래, 경성! 너희는 이런 촌구석에 처박혀 있기엔 너무 아까워. 어때, 내일 아침 주재소로 와서 서류에 지장 찍을 거지?"

필순과 동순은 망설이는 눈빛으로 서로를 쳐다보았다.

"우리가 안 가면요?"

동순이 물었다.

"안 가면? 글쎄, 내일부터 심문이 들어간다는데 지독한 고문을 견뎌 낼까 모르겠구나. 잘 생각해 봐. 현명한 선택을 하리라 믿고 간다. 잊지 마라. 내일 아침까지다."

베레모는 한쪽 눈을 찡긋하며 손을 흔들더니 사립문을 나갔다.

"저 사람 말 믿어도 될까?"

"주재소장보다 저 사람이 더 센 것 같기도 하고."

필순과 동순은 확신이 서지 않았다. 처음 본 사람의 말을 전적으로 믿을 수도 없는 노릇이었다. 둘은 해가 뉘엿뉘엿 넘어갈 때까지 같은 말만 되풀이했다.

엄마가 휘적휘적 사립문을 밀고 들어섰다.

"엄마! 어떻게 된 거예요? 이 피 좀 봐!"

엄마의 몰골이 말이 아니었다. 이마에서 피가 흐르고 다리도 절뚝거렸다.

"수선 떨 것 없다. 이만한 각오도 없었겠냐."

"순사들에게 맞았어요? 아버지는 만나 봤어요?"

필순은 얼른 수건을 가져와 엄마의 이마에 묻은 피를 닦았다.

"아무리 사정을 해도 들여보내 주질 않아. 아주 쇠 심장을 박은 놈들이야."

엄마가 몸을 부르르 떨었다. 그때 동순이 필순의 옆구리를 쿡 찌르며 턱짓을 했다. 베레모가 한 얘기를 엄마에게 해 보는 게 어떻겠냐는 의미였다. 필순이 망설이다 고개를 끄덕였다.

"아까 경성에서 왔다는 어떤 남자가 집에 왔었어. 여공을 모집하는데 서류에 지장만 찍으면 아버지를 풀어 준다고…… 했어."

필순은 엄마가 어림없는 수작이라며 버럭 소릴 지를 것 같아 눈치를 보며 조심스럽게 말했다. 그런데 엄마는 아무 반응이 없었다.

"엄마도 알고 있었어요?"

"오는 길에 구장 어른 댁에 들렀다가 들었다."

엄마는 필순의 눈길을 피해 하늘로 고개를 젖히더니 하늘을 쥐어뜯기라도 하듯 자신의 손등을 쥐어뜯었다. 뺨 위로 눈물이 주르륵 흘러내렸다.

"작은엄마, 너무 속상해하지 마세요. 공장 가서 돈 많이 벌어서 올게요."

동순이 마음을 정한 듯 말했다.

"그러면야 뭔 걱정이겠냐만 세상이 하도 험해서……."

"공장에서 일하는데 별일이야 있겠어요? 너무 걱정 마세요."

동순이 믿음직스럽게 작은엄마를 위로했다.

"안 그래도 경성에 가 보고 싶었는데, 경성 구경 실컷 하겠네."

필순은 일부러 너스레를 떨었다.

"근데 여공은 열다섯 살부터 간다는데 왜 필순이가 들어갔을까? 우리 필순이는 아직 열네 살인데."

엄마가 고개를 갸웃거리며 혼잣말처럼 중얼거렸다.

다음 날 아침, 필순과 동순은 엄마를 따라 주재소에 갔다. 주재소 앞에는 철제 아치형 문이 순사들 모자만큼 높게 솟아 있었다. 번쩍이는 금단추가 달린 검은 제복에 일본도를 찬 순사들이 보초를 서고 있었다. 문 앞을 기웃거리는 필순 일행을 보고 보초를 선 순사가 인상을 찌푸렸다.

"뭐얏?"

"저, 경성에서 온 모집원을 만나러 왔습니다."

어제도 와서 기웃대더니 또 와서 기웃대냐는 듯 엄마를 째려보았다. 다른 보초는 필순과 동순에게 다가와 위아래를 훑어보았다. 순사 옆구리에 매달린 일본도에서 절그럭 소리가 났다. 필순은 몸이 그대로 굳어 버리는 것 같았다. 그때였다. 주재소 문이 열리며 구장이 뛰어나왔다.

"순사 나리, 우리 부락민이구먼요. 오늘 여공 모집 때문에 왔구

면요."

구장은 잘못한 것도 없는데 허리를 굽실거리며 말했다. 구장과는 안면이 있는지 순사가 누그러진 표정으로 들어가라고 턱짓을 했다.

"구장 어르신, 알아보셨어요?"

엄마가 안으로 들어가면서 구장에게 다급하게 물었다.

"후유! 가서 직접 듣게."

구장이 한숨을 내쉬었다. 무슨 부탁을 했는지 구장의 말에 엄마 얼굴이 어두워졌다. 문을 열고 들어가자 먼저 베레모가 보였다. 베레모는 주재소장 옆에서 다리를 꼬고 앉아 있었다. 태도로 보아 그의 존재가 가볍지 않음을 알 수 있었다.

"여, 역시 효녀들이야! 그래, 그래야지."

베레모가 마치 친한 사람을 맞듯 손을 들어 보였다.

"나리, 우리 필순이는 아직 열네 살이에요. 여공은 열다섯 살부터 모집하는 거 아닙니까?"

엄마가 주재소장 앞으로 다가가 따지듯 말했다.

"무슨 소리야? 열다섯 살이지."

"아니에요. 호적을 확인해 보세요."

"웬 말이 그리 많아? 내가 열다섯 살이라면 열다섯 살인 거야!"

주재소장이 벌떡 일어서며 소리를 질렀다. 그 서슬에 깜짝 놀라 모두 숨을 죽였다. 한마디만 더 했다간 옆구리에 차고 있는 칼을 번쩍 빼들 것만 같았다.

베레모가 너털웃음을 웃으며 일어났다.

"하하하, 소장님. 진정하시지요. 대일본제국의 승전을 위한 성스러운 순간입니다. 소장님의 충성스러운 마음은 경무국장님께 잘 전하겠습니다."

그러자 주재소장이 차렷 자세를 취하더니 뒷벽에 걸린 사진을 향해 '천황 폐하 만세'를 외쳤다. 베레모가 박수를 쳤다. 필순은 번쩍이는 제복도 안 입었고, 일본도도 차지 않았는데 베레모의 무엇이 주재소장을 꼼짝 못 하게 하는지 놀랍기만 했다.

필순과 동순은 베레모가 내민 서류에 손도장을 찍었다.

"너, 노랠 잘하더구나. 성격도 밝고……. 너 같은 애가 꼭 필요한 데가 있지!"

베레모가 필순을 바라보며 야릇한 미소를 지었다.

"아니, 우리 필순이를 공장이 아닌 다른 데로 데려간다는 말씀인가요?"

엄마가 눈을 부릅뜨며 말했다.

"내지인(일본인)을 위해 일하는 것도 대일본제국에 충성하는 일이오. 저 애는 그런 일을 하게 될 것이오. 먹고 자는 건 걱정하지 않아도 될 것이니 특별한 은혜를 받았다고 생각하시오."

베레모가 엄마 주위를 한 바퀴 돌며 말했다.

"안 돼요. 세상에, 이런 억지가 어딨데요? 내 자식을 당신들 맘대로 데려가 종년을 만든다고요? 아직 어린것을……."

엄마가 베레모의 옷섶을 붙잡으며 매달렸다. 저러다 발길에 차일지도 모른다는 생각에 필순은 얼른 엄마를 감싸며 베레모를 쏘아보았다. 그런데 뜻밖에도 필순을 마주 보는 베레모의 눈빛이 한순간 흔들리는 것을 보았다.

'뭐지?'

"이틀 뒤에 출발한다!"

베레모는 매몰찬 한마디를 던지고는 돌아섰다. 곁에 있던 순사가 필순 일행을 밖으로 밀어냈다.

밖으로 나오자 엄마는 돌아가는 판세가 역부족이라고 생각했는지 정신을 가다듬고 구장에게 말했다.

"어르신, 우리 필순이를 어디로 데려가는지 꼭 좀 알아봐 주십시오. 예?"

"그려, 내 최대한 줄을 대 알아보겠네마는."

그때였다.

"으악, 아아악!"

귀를 찢는 듯한 무시무시한 비명이 들려왔다. 고문실에서 나는 소리였다.

"아이고, 사람 다 죽이네. 필순아, 혹시 네 아버지 소리 아니냐?"

엄마가 안절부절못하며 주위를 두리번거렸다. 누군지는 알 수 없었지만, 그 비명을 듣는 것만으로도 살이 떨렸다.

"야학 선생들일 것이네. 아침 일찍부터 고문실로 끌려가더라고. 애고, 괜찮은 젊은이들 같던데……. 경성에서부터 요주의 인물로 감시를 받고 있었다는구먼. 경성에서 모집원이 내려오면서 사달이 났어. 며칠 전 모집원이 와서 야학에 다니는 아이들 명단을 달라더라고. 야학으로 엮으려는 게지. 휴, 작정하고 덤비는데 당해낼 재간이 있나!"

"어르신, 제가 여공으로 가면 우리 아버지 풀려나는 거지요?"

동순이 비명에 혼비백산해서 물었다.

"맘 단단히 묵어라. 호랭이한테 물려 가도 정신만 바짝 차리믄 산다고……!"

구장이 말하다 말고 울컥했다. 유난히 불거진 목울대가 꿈틀했다.

'공장이 아닌 다른 곳은 어디일까?'

필순은 동순과 함께 가지 못한다는 것이 두려웠지만, 은근히 경성에 대한 호기심이 일었다.

경성

"와……!"

기차에서 내려 베레모와 함께 역 밖으로 나온 필순은 눈이 휘둥그레졌다. 역 광장은 인파로 북적거렸다. 흰 바지저고리를 입은 사람, 양복을 입은 사람, 군복을 입은 사람들이 뒤섞여 바삐 오가고 있었다. 기모노를 차려입은 일본인도 많았다. 필순은 여기가 조선 땅이라는 게 믿기지 않았다.

경성역의 둥글고 뾰족한 지붕과 첩약 꾸러미를 쌓아 놓은 듯한 외관은 낯설지만 멋져 보였다. 주변을 두리번거리자 저 멀리 기와지붕을 한 커다란 대문이 보였다. 남대문이라 했다.

"아, 여기가 경성이구나!"

필순은 보따리를 끌어안고 서서 눈앞에 펼쳐진 새로운 세상을 찬찬히 둘러보았다. 지게를 진 사람, 수레를 끄는 사람, 인력거를 모는 사람, 자전거를 탄 사람들이 손님을 찾는지 여기저기서 소릴 질러 댔다. 그때 한 인력거꾼이 잽싸게 달려왔지만 베레모가 손을 내저었다. 베레모는 따로 기다리는 사람이 있는지 주위를 두리번거렸고, 곧 인파를 뚫고 검은색 자동차가 가까이 와서 빵 하고 경적을 울렸다. 필순이 깜짝 놀라 베레모 뒤로 숨었다. 귀가 먹먹했다.

"어서 타라!"

차에 오르자 운전석에 앉은 남자가 베레모에게 눈인사를 했다. 자동차는 어딘가를 향해 빠르게 달려갔다. 차창 밖으로 보이는 경성 거리는 생각했던 것보다 훨씬 낯설었다. 높은 건물들이 즐비한 곳을 지날 때 필순은 상점들을 구경하느라 정신이 없었다.

화려한 상점들 안에는 과연 무엇이 있을까? 어떤 이들이 드나들까? 필순은 차창에 이마를 바짝 대고 하나라도 놓칠세라 눈을 부릅떴다.

"어? 저게 뭐예요?"

"……."

베레모는 필요한 말 외에는 입을 열지 않았다. 경성 사람인 베레모가 촌뜨기인 자신과 이야기를 하고 싶지 않을 거라고 필순도 짐작은 했다. 그래서 더욱 차창 밖으로만 눈길을 두었다. 복잡한 길을 벗어나자 자전거를 탄 사람들이 차와 뒤섞여 위험하게 달렸다. 자동차가 신경질적으로 경적을 울려 댔다. 경성 사람들은 무척 바빠 보였다. 감골에서처럼 천천히 걸으면서 수다를 떠는 사람은 찾아볼 수 없었다.

사람을 피해 요리조리 달리던 자동차가 갑자기 멈춰 섰다. 땡땡땡 소리를 내며 도로 위로 전차가 달려왔다. 전차가 멈추자 많은 사람들이 쏟아져 내렸다. 마치 콩자루에서 콩알이 쏟아진 것처럼 사람들은 급히 어디론가 떼구르르 흩어졌다. 사람들을 부려 놓은 전차는 다시 땡땡땡 소리를 울리며 어디론가 바삐 달려갔다.

필순은 밖을 내다보며 자기도 모르게 탄성을 내지르다 깜짝 놀라 얼른 입을 가리고 베레모를 쳐다보았다. 베레모는 생각에 잠긴 듯 조용히 앉아 있었다.

"와, 신여성이다."

대로를 빠져나와 모퉁이를 돌자 가까이에 멋진 여자들의 모습이 눈에 들어왔다. 야학 선생님한테 들었던 신여성의 모습과 똑같았다. 양장 차림에 작은 손가방을 팔에 끼고 엉덩이를 실룩대며 걷는 여자, 짧은 한복 치마에 양산을 쓰고 목을 꼿꼿이 세우고 걷는 여자, 모두 멋져 보였다.

"어, 모던보이도?"

필순은 베레모에게 들리지 않게 조그맣게 읊조렸다. 흰 와이셔츠에 조끼를 껴입고 모자를 삐뚜름히 눌러쓴 젊은 남자 한 무리가 상점 앞에서 담배를 피우고 있었다. 그 곁에는 아버지 옷을 훔쳐 입은 것처럼 헐렁한 양복을 입은 소년들도 보였다. 필순의 입가에 비긋이 웃음이 번졌다. 낯선 경성에서 보는 모든 것이 흥미로웠다. 필순은 문득 저 대로 위를 당당히 걸어가는 신여성의 모습이 자신의 미래일지도 모른다고 생각했다.

'나도 이담에 저렇게 멋진 양장을 입고, 상점의 커다란 유리문을 열고 들어가 봐야지. 또 다방에 앉아 코피를 마시면서 신식 가요를 듣는 거야. 그리고 멋진 모던보이와……. 히힛!'

필순은 어서 빨리 목적지에 당도하고 싶었다. 자동차가 골목으로 꺾어들더니 속도를 늦추었다. 골목이라고 하기엔 좀 넓은, 길 양쪽으로 이층집들이 늘어서 있었다. 매우 고급스러워 보이는 집들이었다. 조선의 고래 등 같은 기와집과는 모양이 달랐지만 부잣집임에는 틀림없었다. 대문에서 이어지는 담장의 길이가 꽤 길었다. 집은 안쪽 깊이 있어 잘 보이지 않았다.

자동차가 파란색 대문 앞에서 멈춰 섰다.

"다 왔다, 내려!"

베레모가 가방을 챙겨 들고 차에서 내렸다. 필순도 얼른 보따리를 품에 안고 따라 내렸다.

"여기예요? 와, 집이 엄청 크네요?"

저택이었다. 비슷한 양식의 집이 모여 있는 이 동네에서도 제일 큰 집이었다. 높은 담장 안쪽에서 키 큰 나무 한 그루가 바깥세상이 궁금하다는 듯 고개를 비죽이 내밀고 있었다. 밖에서 보면 키 큰 나무 말고는 안쪽 깊숙이 박혀 있는 저택 이 층 부분만 보였다. 노을이 비쳐 든 이 층 유리창이 불에 타는 듯 붉게 물들었다.

'저 방엔 누가 살까?'

필순은 이 층 창문을 올려다보며 그곳에 사는 이가 누구인지 궁금했다. 혹시 모셔야 하는 내지인이 사용하는 방일까 궁금했다.

담쟁이덩굴도 필순만큼이나 궁금한지 이 층 창문을 기웃거리며 바락바락 벽을 오르고 있었다.

베레모가 대문에 매달린 종을 잡고 몇 번 흔들었다. 딸랑딸랑, 잠시 후 안에서 목소리가 들려왔다.

"누구세요?"

"스즈키."

안쪽에서 들려오는 목소리에 베레모는 자신의 이름만 짧게 말했다. 서로 잘 아는 사이인지 곧이어 발소리가 들리고 파란색 대문이 열렸다.

"어?"

문을 연 사람은 필순 또래의 여자아이였다. 이 집의 겉모습과 어울리지 않게 후줄근한 감청색 치마저고리를 입고 있었다. 여자아이는 놀란 눈으로 필순과 베레모를 번갈아 쳐다보았다. 필순도 놀라기는 마찬가지였다. 이곳까지 오면서 차창 너머로 보았던 신여성이나 모던보이, 기모노를 입은 일본인들 모습이 머릿속에 꽉 차 있어서였을까. 여자아이의 옷차림이 너무 이질적으로 보였다.

"경무국장님은?"

여자아이의 놀란 눈빛에는 아랑곳하지 않고 베레모는 무심하게 물었다.

"안에 계세요."

베레모는 여자아이를 지나쳐 대문 안으로 들어갔다. 필순이 베레모를 따라 들어가려는데 여자아이가 대문을 잡고 서서 똑바로 쳐다보았다.

"아, 안녕!"

필순이 어색하게 인사를 하자 여자아이는 인사는커녕 넌 뭐냐는 듯 눈을 치켜떴다.

"나는 여기 일하러 온……."

필순의 말이 끝나기도 전에 여자아이는 들을 필요도 없다는 듯이 돌아섰다.

'치, 찬바람이 쌩쌩 부네.'

필순은 무안해서 얼굴이 붉어졌지만 얼른 여자아이를 따라 대문 안으로 들어갔다. 그런데 몇 발자국 앞서가던 여자아이가 갑자기 홱 돌아섰다. 하마터면 부딪칠 뻔했다. 필순이 놀라 쳐다보자 여자아이는 보란 듯이 대문을 소리 나게 쾅 닫았다. 그 모습이 꼭 '왜 문도 안 닫고 들어와?'라고 핀잔을 주는 듯했다.

'아, 그렇지. 신참인 내가 문을 닫았어야 했는데.'

필순은 머리를 긁적이며 어색하게 웃었다. 대문을 닫은 여자아이는 필순의 앞을 후다닥 질러갔다.

'성질머리하고는.'

여자아이는 키는 자그마했지만 성미가 만만찮아 보였다. 필순은 이 집에서 넘어야 할 산 중에 저 여자아이가 첫 번째일 것이라는 느낌이 들었다.

집 안으로 가는 길엔 커다란 징검돌이 놓여 있고 양옆으로는 널따란 정원이 펼쳐져 있었다. 정원 안으로 깊숙이 들어가자 커다란 격자무늬 창문이 여봐란 듯 열려 있었다. 안에서 노랫소리가 조그맣게 흘러나왔다. 필순이 고개를 쭉 빼고 기웃대자 여자아이가 까칠하게 불렀다.

"빨리 들어와."

현관에 들어서자 반들반들한 마루가 길게 깔려 있었다. 문이 닫힌 방 두 개를 지나자 중앙에 큰 응접실이 나타났다. 베레모가 의자에 등을 꼿꼿이 세운 채 앉아 필순에게 눈짓을 했다. 곁에 와서 앉으라는 신호였다. 필순은 베레모 옆으로 가 앉았다. 여자아이가 필순을 째려보듯 바라보자 베레모가 여자아이에게 손가락을 까닥했다.

"네, 주인님께 고하겠습니다."

여자아이가 안으로 들어가고 얼마 안 있어 기모노 차림의 풍채가 좋은 남자와 호리호리한 여자가 응접실로 나왔다. 베레모가 벌떡 일어나 허리를 깊이 숙여 절을 했다. 엉겁결에 필순도 따라 꾸벅 절을 했다.

"아, 스즈키! 지방에 내려간 일은 잘되었나?"

"차질 없이 마쳤습니다. 이틀 뒤, 경성에 집결하면 인계할 예정입니다."

"좋아! 나, 이시무라의 충성된 마음을 총독 각하께서도 알아주시겠지. 하하하."

경무국장의 웃음소리는 두둑한 뱃살만큼이나 육중해서 응접실을 쩌렁쩌렁 울렸다. 그 옆에서 안주인이 필순과 베레모를 날카

롭게 쏘아보았다.

"말씀드렸던 아이입니다."

베레모는 필순을 안주인 앞으로 조금 밀었다. 마치 선물 보따리를 내밀듯이.

"에이, 어째 데려오는 애들마다!"

안주인이 미간을 찌푸렸다. 필순이 눈에 안 찬다는 표정이었다. 환영까지는 기대하지 않았지만 면전에 대놓고 무시하는 말에 필순은 기분이 나빴다. 보아하니 그동안 베레모는 자신 말고도 몇 명을 더 데려다 바친 모양이었다.

"이 아이는 좀 다를 겁니다. 노마님을 잘 모실 겁니다."

"다르긴 뭐가? 조센징들이 다 그렇지 뭐."

안주인이 퉁명스럽게 되받았다.

"성격도 밝고, 노래도 곧잘 해서 노마님 심심치 않게……."

"내지(일본)에 똑똑한 아이를 부탁해 놓았으니, 그때까지 두고 보도록 하지."

안주인의 미간에 팬 주름이 지렁이처럼 꿈틀거렸다. 필순은 자신이 원해서 온 것도 아닌데 선 채로 문전박대를 당한 것 같아 기분이 나빴지만 오기가 났다. 필순은 자리에서 벌떡 일어났다.

"저는 봉필순이라고 합니다. 나이는 열네 살이고, 밥도 잘하고 청소도 잘합니다. 무슨 일이든 시켜 주시면 열심히 하겠습니다."

필순의 당돌한 행동에 안주인이 의외라는 듯 눈을 치켜떴다.

"흠, 고것 참 맹랑하네."

경무국장은 필순이 마음에 들었는지 안주인에게 통과시키라는 눈짓을 보냈다. 안주인은 군말 없이 "하이." 하며 고개를 숙였다. 마른 체형 때문인지 안주인은 남편인 경무국장보다 나이가 더 들어 보였다. 안주인이 필순에게 따라오라며 자리에서 일어서려고 할 때였다. 베레모가 경무국장에게 조심스럽게 말을 꺼냈다.

"국장님, 일전에 말씀드린 그 일은 생각해 보셨습니까?"

"레코드사를 차리겠다는 거? 황국의 식민 치하에서 조선인이?"

경무국장이 터무니없다는 듯 헛웃음을 지었다. 안주인의 새치름한 눈매가 파르르 떨렸다. 베레모가 벌떡 일어나 허리를 깊이 숙이더니 말을 이었다.

"경무국장님 한마디면 이 조선 땅에서 안 될 일이 있겠습니까? 누가 경무국장님 말에 이의를 제기하겠습니까? 이번 모집만 잘 마무리하면 알아보시겠다고 하셔서…… 눈여겨봐 둔 곳이 있습니다. 도와주십시오. 이 스즈키, 경무국장님을 위한 일이라면 혼신을 다해 열심히 뛰겠습니다."

베레모는 보기에 민망할 정도로 애걸복걸했다.

"어쨌든 이 일이 다 끝나거든 다시 이야기하지."

"무슨 말씀이세요? 괜한 일에 손댔다가 만에 하나 각하 귀에 들어가기라도 하면…… 옥에 티가 됩니다. 조선 속담에 망둥이가 뛰니까 꼴뚜기도 뛴다더니, 감히 조선인 주제에 레코드사를 차리겠다니!"

멸시에 찬 안주인의 말을 듣고도 베레모의 표정에는 별다른 변

화가 없었다. 오히려 필순의 얼굴이 화끈거렸다. 안주인이 신경질적으로 손가락을 까딱하자 문 앞에서 대기하고 있던 여자아이가 쪼르르 다가와 고개를 조아렸다.

"데리고 가서 집 안내해 주고 부엌에서 기다려! 별채엔 아직 가지 말고."

여자아이가 두 손을 가지런히 모으고 "네!" 하면서 고개를 조아렸다. 필순은 안주인이 말하면 저렇게 해야 되나 보다 생각하고 머릿속에 새겼다. 필순에게 따라오라는 눈짓을 하고는 여자아이가 뒷걸음으로 종종종 물러났다. 몸에 익은 행동이었다. 어색했지만 필순도 여자아이를 따라 종종종 뒷걸음으로 물러나오다 문득 베레모를 돌아보았다. 어쨌거나 경성까지 함께 왔는데 작별 인사라도 해야 하지 않나 싶었다. 그러나 베레모는 등을 돌린 채 앉아 경무국장에게 뭔가를 열심히 설명하고 있었다.

현관문의 반대편 복도에는 큰 들창문이 나 있어 정원이 훤히 보였다. 들어올 때 설핏 보았던 것보다 훨씬 넓고 아름다웠다. 누군가 신경을 써서 가꾸지 않는다면 이렇게 아름다울 리가 없을 터였다. 크고 작은 나무들 사이로 산책로가 손금처럼 나 있고, 정원 한가운데에는 작은 연못도 있었다.

"와, 둠벙(웅덩이)도 있네!"

필순은 들창문에 붙어 서서 저도 모르게 중얼거렸다. 감골에는 저런 둠벙이 논 사이에 있었다.

"저건 둠벙이 아니라 연못이야."

여자아이가 한심하다는 듯 필순을 바라보며 말했다.

"연못?"

필순은 여자아이가 자신의 말을 흘려듣지 않고 대꾸를 해 기분이 좋았다.

"저기에 미꾸라지도 있어?"

필순은 언젠가 동네 오빠들이 둠벙을 퍼서 미꾸라지를 잡던 걸 떠올리며 물었다.

"뭐, 미꾸라지? 저기에는 비단잉어들이 살고 있어. 마님이 좋아하는 곳이니까 가까이 가지 마. 비단잉어가 죽으면 괜히 야단만 맞으니까!"

여자아이가 주의를 주었다.

"비단잉어? 그냥 잉어는 많이 봤는데 비단잉어는 본 적이 없어. 잉어가 비단처럼 곱나?"

"색색이 곱긴 하지만 이만큼이나 커서 난 별로야."

여자아이는 자기 팔뚝을 쑥 들어 올리며 말했다. 저고리 소매가 올라간 여자아이의 팔뚝에는 거뭇거뭇한 흉터들이 가득했다.

"어? 그거."

필순의 시선을 느꼈는지 여자아이가 얼른 저고리 소매를 당겼다. 팔목 언저리에도 상처가 있었다. 필순은 이 좋은 저택, 이토록 아름다운 정원과 비단잉어를 키우는 곳에 살면서 상처가 날 일은 무엇일까 궁금했다.

"지금 보니 말 잘하네. 아까는 왜 그렇게 까칠했을까?"

"됐고. 빨리 따라와. 이 집에서 일하려면 이곳저곳 알아 둬야 할 곳이 많으니까."

"우리 정식으로 인사할까? 내 이름은 봉필순이고, 나이는 열네 살. 그쪽은……."

필순은 여자아이가 서둘거나 말거나 자기 식대로 소개를 했다. 작은 키로 보면 자기보다 어릴 것 같지만 키로 나이를 짐작할 순 없다. 동순 언니도 두 살이나 많지만 더 작지 않은가! 무턱대고 반말을 할 수는 없어 필순은 말끝을 얼버무렸다. 그런데 여자아이는 지금껏 반말을 했다. 언닌가? 뭐, 언니라도 괜찮다. 또래가 있으니 심심하진 않을 것 같았다.

"내 이름은…… 김섭섭. 나도 열네 살이긴 하지만 1월생이니까 내가 더 언니겠지."

여자아이는 턱을 약간 치켜들고 말했다.

"그래? 우리 동갑이네. 만나서 반가워, 김섭섭? 풋."

필순은 이름에서 오는 선입견 때문에 웃음이 나왔다.

"아들이 귀한 집인가 보구나. 딸이어서 섭섭한 마음을 이름으로 부르는 걸 보니."

"그런 집이라도 있으면 좋겠다."

섭섭이 자기도 모르게 무심코 뱉어 버린 말에 깜짝 놀라 입을 가렸다. 좀 멋쩍었지만 아무렇지 않은 척 웃어 보이고는 앞장서 걸었다.

일본식 집은 조선의 집 구조와 많이 달랐다. 마당을 중심으로 둘러선 조선의 집과는 달리 일본 저택은 좁고 긴 복도를 꺾어 돌면 방으로 이어지는 구조였다. 일 층에는 커다란 응접실과 다다미방 두 개가 있었다. 이 층도 일 층과 비슷했다. 다만 이 층에선 정원이 한눈에 잘 들어왔다. 담장 밖에서 보았던 키 큰 나무가 유일하게 이 층과 키를 나란히 했다. 아직 남은 노을의 잔광이 마루에 길게 비쳤다.

"와, 위에서 보니 정원이 한눈에 다 보이네. 정말 예쁘다!"

정원을 내려다보며 필순이 탄성을 질렀다. 이 층은 주인 부부의 침실과 안주인의 밀실이 있었다.

"근데 이 집엔 몇 명이나 살아? 집은 큰데 너무 조용해서."

"우리처럼 일하는 사람들까지? 아니면 이 집 가족만?"

"둘 다."

"가족은 주인 내외와 유코 할머니가 있고, 일하는 사람은 다섯 명. 아 참, 정원사도 있네. 일본 사람이야."

"유코 할머니가 누구야?"

"네가 모셔야 할 분이야. 휴…… 차라리 허드렛일을 하고 말지."

섭섭이 혼잣말처럼 뇌까리는 말에 필순이 무슨 뜻이냐고 눈을 동그랗게 떴다.

"못 들었어? 유코 할머니는 치매 노인이야."

"치매? 그게 어때서?"

필순은 그게 뭐 그리 큰일이냐며 시큰둥하게 말을 받았다. 고향에서 치매 걸린 노인을 보는 일은 흔했기 때문이다.

"곧 알게 되겠지만 그게 그리 쉬운 일이 아니거든."

"근데 넌 이 집에 온 지 얼마나 됐어?"

"삼 년."

"꽤 됐구나. 고향은 어디야? 난 전라도 감골인데."

섭섭은 대답하지 않았다. 못 들은 척 다다미방으로 향할 뿐이었다.

"다다미방은 아궁이가 없어서 겨울에는 추워. 그래서 저렇게 방 가운데에 네모난 화로를 놓고 불에 구운 돌멩이를 넣지. 그러면 방 전체가 훈훈해져."

"그래? 일본 사람들은 좋겠다. 군불을 안 때도 되니까. 불 때는 게 좀 어려워야지. 나야 뭐, 이제 불 때는 것쯤 누워서 식은 죽 먹기지만 말이야."

"행여 겨울에 다다미방을 춥게 하면 네 팔뚝이 남아나질 않을 테니 명심해."

"무슨 소리야?"

섭섭은 또 아무런 대답도 없이 혼자서 앞서갔다. 필순이 서둘러 따라붙자 섭섭은 문이 닫힌 다다미방 앞에서 팔짱을 낀 채 설명했다. 마치 제 방을 소개하듯이.

"이곳은 주로 마님이 계시는 곳이야. 마님은 음악 듣는 걸 좋아하셔서 이곳에서 시간을 많이 보내. 그러니까 부르기 전에는 함부로 올라오지 않도록 해. 나야 뭐, 이곳 청소 담당이라 예외지만."

섭섭의 얼굴 위로 뭔지 모를 비밀스러운 웃음이 설핏 스치고 지나가는 것을 필순은 놓치지 않았다.

'치, 자기 청소 구역이라고 재는 거야 뭐야?'

필순은 안주인이 음악을 듣는다는 방 안이 궁금했지만 한번 쳐다보는 것으로 만족하고 나무 계단을 내려왔다. 계단은 좁고 가팔라서 한눈팔다가는 구르기 십상이었다. 아래층으로 내려가 기역 자로 꺾인 복도로 들어섰다. 좁고 기다란 복도가 건너편 건물과 이어졌다.

"일본 사람들 집은 참말로 복잡하네. 막혔는가 싶으면 꺾어 돌고, 계단을 통해 이 층과 이어지고, 또다시 다른 건물과 복도로 이어지고……."

필순은 집 안 동선을 외워 두려고 애썼지만 자신이 없었다. 몇 번 반복한 뒤라야 가늠이 될 것 같았다. 이것이 실수로 이어진다면 꾸중 들을 건 불 보듯 훤했다.

"저곳이 네가 일할 곳이야."

건너편 건물을 턱으로 가리키며 섭섭이 말했다. 필순은 의아해서 물었다.

"저기? 여기가 아니고?"

여태껏 본채를 안내해 주고는 막상 일할 곳이 본채가 아니라니 도대체 이해가 되지 않았다. 그곳은 이 저택에 부수적으로 딸린 별채 같았다.

"유코 할머니가 저기에 사니까. 넌 유코 할머니 시중을 들러 온 거잖아."

"근데 유코 할머니가 누구야?"

"주인어른의 어머니."

"아까 베레모가 말했던 그 노마님이 유코 할머니였구나."

"베레모?"

섭섭이 필순을 째려보며 말했다.

"아 참, 스즈키라고 했지? 이름을 몰라서 고향에서부터 죽 그렇게 불러서 그만."

필순은 섭섭과 베레모가 오래전부터 아는 사이 같아 얼른 고쳐 말했다. 아니나 다를까 섭섭의 표정이 뾰로통했다.

"근데 넌 스즈키와 어떻게 알게 됐어? 너도 권번에 있었어?"

"권번? 그게 뭔데?"

필순이 되묻자 섭섭의 눈빛이 잠깐 흔들리더니 입을 다물었다. 그러고는 무식한 애한테 대답 따윈 해 줄 생각이 없다는 듯 돌아서 정원을 바라보았다. 필순은 섭섭의 무례함에 기분이 상했다. 권번이 뭐냐고 묻는 것이 그렇게 어처구니없는 질문인가.

'쳇, 경성에 산다고 되게 잘난 척하네. 권번이야 모를 수도 있지. 저는 뭐, 우리 감골에 대해 아나?'

필순은 앞으로는 모르는 것이 있어도 모른다고 하지 않아야겠다고 생각하며 별채로 가는 복도를 앞장서 걸었다. '네가 안내해 주지 않아도 나 혼자서 갈 수 있지 뭐.' 하는 마음에서였다. 그런데 섭섭이 따라오지 않고 보고만 있었다.

"안 가?"

필순이 다그치듯 물었다.

"저긴 네 구역이니까 이제부터 네가 알아서 할 일이지만……. 아까 마님이 먼저 부엌에서 기다리라는 말 들었지? 별채는 마님이 따로 알려 줄 거니까 가지 마!"

"여기까지 왔는데 한번 둘러보고 가자!"

잠시 머뭇거리던 섭섭이 별채 쪽으로 걸음을 떼었다.

"좋아, 얼른 갖다 오지 뭐."

별채는 정원을 정면으로 마주하지 않고 약간 비켜선 모양으로 지어졌다. 어찌 보면 본채에서 외면당한 것처럼 보일 수도 있지만, 별채에도 따로 정원이 있어서 독립적으로 보였다.

필순이 문 앞에서 안을 기웃거렸다. 안에서 무슨 소리가 들렸다. 가만히 문 손잡이에 손을 대려는데 섭섭이 손가락을 입에 대고 도리질을 했다. 들어가면 안 된다는 뜻이었다.

"왜?"

필순이 눈을 치켜뜨자 섭섭은 또다시 손짓과 눈짓으로 부산을 떨며 무슨 신호를 보냈다. 들어가지 말라는 말일 터였다. 필순은 그냥 가만히 들여다보기만 하겠다고 우겼다. 섭섭이 또 도리질을 했다.

"도대체 왜 그러는데?"

그때였다. 갑자기 안에서 고함 소리가 터져 나왔다. 여자 목소리 같기도 하고 짐승 소리 같기도 했다. 고함 소리와 함께 뭔가 부딪혀 깨지는 소리도 들렸다.

"나가! 이 나쁜 년아, 이 집에서 당장 나가!"

필순은 깜짝 놀라 바닥에 주저앉을 뻔했다. 놀란 것은 필순만이 아니었다. 섭섭이 놀라 본채 쪽으로 혼비백산 종종걸음을 쳤다. 마치 사나운 개가 뒤쫓아 오기라도 하듯 달리는 것도 걷는 것도 아닌 이상한 걸음걸이로 도망쳤다. 그제야 필순도 복도를 내달렸다. 발밑에서 마룻바닥이 심하게 쿵쾅거렸다.

섭섭이

"이게 무슨 짓이야!"

기역 자로 꺾어지는 복도 끝에서 또 다른 고함 소리가 들려왔다. 섭섭이 급하게 발걸음을 멈추었다. 안주인이 부엌문 앞에서 두 사람을 쏘아보고 있었다.

"마, 마님! 유코 할머니가……."

섭섭이 안절부절못하고 허리를 조아렸다. 안주인의 눈초리가 꼿꼿해지더니 휙 부엌으로 들어갔다. 순간 섭섭의 얼굴이 흙빛으로 변했다. 얼른 따라 들어간 섭섭이 부엌 한편에서 회초리를 가져와 안주인 앞에 놓았다. 그러고는 검정치마를 추켜올리고 종아리를 드러냈다. 가녀린 발목을 덮고 있는 해진 버선목이 바르르 떨렸다. 섭섭의 행동이 오랫동안 숙련된 것처럼 일사불란했다.

"마루를 걸을 땐 소리 나지 않게 뒤꿈치를 들고 다니라고 했지?"

"잘못했어요, 마님."

탁.

회초리가 섭섭의 여린 종아리를 사정없이 훑고 지나갔다.

"내 허락 없이 자기 구역 아닌 곳엔 가지 말라고 했지?"

"다시는 그러지 않겠습니다, 마님."

탁.

안주인은 마치 필순에게 새겨들으라는 듯 또박또박 주의 사항을 이르며 섭섭의 종아리를 내리쳤다. 이미 상처투성이인 섭섭의 종아리에 새로 붉은 줄이 그어졌다.

필순은 제가 맞는 것처럼 움찔거렸다. 마루를 쿵쾅쿵쾅 달렸던 건 필순이었다. 섭섭은 뒤꿈치를 들고 종종걸음을 쳤다. 그리고 별채에 가자고 한 것도 필순이었다. 섭섭은 아무런 변명도 하지 않고 회초리를 맞았다.

필순은 섭섭에게 미안한 마음이 들었다. 그렇다고 선뜻 '제가 가자고 했어요. 뛴 건 저예요.'라고 말할 용기도 나지 않았다. 안주인이 회초리를 내리칠 때마다 작고 가녀린 섭섭의 등이 새우등처럼 점점 굽어졌다. 흐트러진 머리카락 사이로 앙 다문 입이 보였다. 그러나 눈물은 한 방울도 흘리지 않았다. 안주인은 그런 섭섭이 못마땅한지 독살스럽게 째려보았다. 필순은 갑자기 이 넓은 저택이 뒤척이기도 힘든 작은 창고처럼 느껴졌다.

안주인을 따라 별채로 갔다. 보따리를 가슴에 안고 별채에 들어서자 필순은 몹시 긴장이 되었다. 유코 할머니는 과연 어떤 분일까. 인자한 할머니는 아닐 것이다. 고래고래 악을 쓰고 물건을 던지던 무서운 할머니. 필순은 머리끝이 쭈뼛 섰다.

별채도 본채와 별반 다르지 않았다. 조금 작을 뿐 일 층과 이 층으로 나뉘어 있고, 본채와 따로 있는 자그마한 정원도 한눈에 내다보였다. 집 안은 깨끗하고, 가구도 잘 정돈되어 있었다. 이런 곳에 그토록 괴팍하고 무서운 할머니가 살고 있다는 게 믿어지지 않을 정도였다.

"유코 상은 정신이 오락가락해. 정신이 나가면 잠도 자지 않고 노래를 계속 부를 거야. 그게 노래인지 발악인지 모르겠지만."

안주인은 시어머니인 유코 할머니를 곱지 않게 소개했다. 시어머니를 어머니라 부르지 않고 '유코 상'이라고 부르는 걸 보니 고부간의 사이가 안 좋은 모양이다. 하긴 시어머니와 며느리 사이가 좋지 않은 것은 고향에서도 자주 보았던 일이다.

"넌 유코 상의 기척이 밖으로 새어 나가지 않도록 각별히 신경 쓰도록 해. 우리 집은 손님이 수시로 드나드는데, 행여나 유코 상에 관련된 안 좋은 소문이라도 나면 경무국장님께 누가 돼. 그게 네가 할 일이야. 만약 네 할 일을 다하지 못했을 땐……."

안주인은 표독스럽게 필순을 쏘아보았다. 섭섭에게 회초리를 내리치던 안주인의 모습이 겹쳐 보였다. 필순은 얼른 고개를 조아렸다.

"명심하겠습니다. 그런데 혹시 아까처럼 할머니가……."

고함치던 것으로 보아 유코 할머니는 고분고분할 것 같지 않았다. 뭔가를 못 하게 하면 물건을 집어 던지며 난리를 피울지도 모를 일이었다.

"스즈키가 너를 데려온 건 바로 그 때문이겠지. 너, 노래를 잘한다면서? 유코 상은 노래를 불러 주면 어느 정도 안정이 돼."

"노래요?"

필순은 사나운 할머니를 다루는 방식이 의외로 쉽다는 것에 놀랐다. 노래라면 얼마든지 불러 줄 수 있다.

"할머니가 노래를 많이 좋아하시나 봐요?"

"흥, 노래도 노래 나름이지."

"예?"

필순은 아무리 사이가 좋지 않은 시어머니라지만 좋아하는 노래까지 무시하는 태도는 심하다는 생각이 들었다.

"조센징 노래가 효과가 있을지 모르겠지만 한번 두고 보지. 스즈키가 이번엔 제대로 데려온 건지. 흥, 조센징 주제에 레코드사를 차리겠다고? 언감생심 꿈도 크지. 조센징이면 조센징답게 분수를 알아야지. 대일본제국의 은혜를 입어 우리 경무국장님 아래서 있는 것도 영광스러운 일이거늘, 레코드사? 이대로 두면 안 되겠어. 아주 나날이 기어오르고 있다니까!"

안주인은 흥분해서 혼잣말처럼 중얼거렸다. 베레모가 무척 못마땅한 모양이었다. 그런데 왜 베레모는 그토록 충성을 다하는 것일까? 정말 레코드사 때문일까?

"스즈키는 경무국장님 부하 아닌가요? 경무국장님을 위해 일하시는 것 같던데요."

일본인인 안주인이 베레모를 무시하는 건 같은 조선인으로서 기분이 나빠 필순은 저도 모르게 베레모를 두둔했다.

"암튼 넌 그냥 하녀 하나를 추천받은 것하고는 달라. 앞으로 내 신경을 건드리지 않도록 해."

필순은 안주인의 입에서 '하녀'라는 말이 나오자 귀에 거슬렸다. 자신은 하녀가 아니라 조금이기는 하지만 대가를 받고 일하러 온 것이라고 말해 주고 싶었지만 참았다.

"유코 할머니는 언제부터 그렇게 되셨어요?"

"생각하고 싶지도 않아. 할 수 없이 우리 경무국장님 낯을 봐서 참는 거야. 휴, 핏줄이 뭔지."

안주인은 깊은 한숨을 내쉬었다. 뭔가 사연이 있는 것 같았다.

필순은 고향 감골에서도 치매에 걸린 노인들을 가끔 보았다. 웃뜸에 사는 상식이네 할머니는 치매에 걸려 밥을 먹고도 안 먹었다고 떼를 쓰고, 하루가 멀다고 이불에 똥을 싸서 범벅을 해 놓는다고 했다. 영구네 할머니는 치매에 걸리더니 마치 일곱 살짜리 어린애가 된 것처럼 그토록 미워하던 며느리를 졸졸 따라다니며 엄마라고 불렀다. 또 서당 훈장까지 하셨다는 명순이네 할아버지는 집 뒤 해묵은 감나무를 가리키며 책이 너무 낡았다며 베어 버리라고 했다는 이야기도 들었다. 하지만 유코 할머니처럼 물건을 마구 집어 던지고 무섭게 악을 쓰며 욕을 하는 모습은 본 적도, 들은 적도 없다.

이 층에서 인기척이 들렸다. 안주인이 계단으로 올라가려다 말고 필순을 돌아보았다.

"올라가 봐."

"제가요? 아, 네."

필순은 처음 맞닥뜨릴 유코 할머니의 모습이 두려웠다. 하지만 어차피 맞을 매라면 빨리 맞는 게 좋겠다고 생각했다. 필순은 좁은 나무 계단을 살금살금 올라갔다. 갑자기 위에서 무엇이 날아오지나 않을까 노심초사하며 한 발, 한 발 올랐다. 다 올라갈 때까지 아무 일도 일어나지 않았다. 그제서야 안주인이 계단을 성큼성큼 올라왔다.

이 층 거실 마루방에는 정원을 향해 흔들의자가 놓여 있었다. 사람은 보이지 않는데 어디선가 작은 노랫소리가 들려왔다. 노랫가락을 따라 흔들의자가 미세하게 흔들리고 있었다. 마치 누군가 자장가를 부르며 흔들의자를 재우고 있는 것 같았다. 안주인이 흔들의자 앞쪽으로 걸어갔다.

"시중들 아이가 새로 왔어요."

얼마나 작기에 머리조차 보이지 않는 걸까. 안주인이 가까이 와서 인사하라고 손짓을 했다. 필순이 주춤주춤 다가갔다.

"할머니, 안녕하세요. 저는 봉필순이라고 합니다."

홑이불을 둘러쓰고 눈만 내놓은 채 앉아 있는 유코 할머니는 몸이 놀라울 정도로 작았다. 초점이 없는 눈은 아득히 먼 어딘가를 보고 있는 듯했다.

"밥은 본채에 와서 먹고, 저녁 먹기 전에 유코 상 상태를 보고 해! 네가 거처할 방은 일 층 출입구에 있는 방이야."

안주인은 몇 가지 당부를 더 한 뒤 본채로 돌아갔다. 그때까지 유코 할머니는 아무런 움직임이 없었다. 계속 무슨 노래인가를 흥얼거릴 뿐 필순을 쳐다보지도 않았다. 유코 할머니가 흥얼거리는 건 노래라기보다는 몸속 깊은 곳에서 울려 나오는 소리 같았다. 고양이의 가르릉 소리처럼.

필순은 마음이 놓였다. 난폭하고 드셀 줄 알았던 유코 할머니는 별 문제 없어 보여서 청소라도 하려고 방 안을 죽 둘러보았다. 본채와 별채는 비슷해 보이지만 전혀 다른 느낌이었다. 세간은 대체로 간소하고 깔끔했다. 그런데 아까 고함을 치며 집어 던져 깨졌을 그릇들은 누가 치웠는지 흔적도 없었다. 그 사달이 나서 섭섭은 회초리를 맞았고, 필순은 섭섭에게 된통 빚진 마음이었는데 말이다. 당장 할 일이 없는 것 같아 보따리 하나뿐인 짐을 자기 방에 두려고 일어서는데 유코 할머니가 상체를 일으켰다. 그러고는 정원 어딘가를 바라보았다. 아까와는 다르게 눈에 생기가 넘쳤다.

"할머니, 뭐 보세요?"

필순은 유코 할머니 곁에 앉아 정원을 내려다보았다. 꽃이 많이 피어 있었다. 본채 쪽 정원엔 나무가 많았는데, 이곳엔 꽃이 많았다. 감골에서는 보지 못한 꽃들이 많았다.

"어머, 처음 보는 꽃들이 많네요."

그러다 한쪽에 함초롬히 피어 있는 낯익은 꽃에 눈이 갔다. 순간 필순은 손뼉을 치며 소리쳤다.

"와, 모란꽃도 있네! 우리 고향 집에도 많이 피는데."

엄마는 모란꽃을 좋아해서 샘가나 담벼락 아래에 모란을 많이 심었다. 봄이면 집 마당은 모란꽃으로 그득했다. 언젠가 엄마는 '어쩌면 이리도 고울꼬. 대가댁 마님 같아. 다음 생에는 모란꽃으로 태어났으면.' 하고 빨간 꽃을 두 손으로 받쳐 들고 기도하듯 말했다. 그 모습이 너무 낯설면서도 울컥하여 기억에 오래 남아 있다. 불현듯 집 생각이 나서 필순은 코끝이 찡했다. 엄마, 아버지, 동생들은 잘 있는지, 집을 떠나고 처음으로 가족이 보고 싶었다. 경성에 온다는 생각에 반은 두렵고, 반은 들떠 집 생각할 틈도 없었는데…….

"유코 할머니는 무슨 꽃을 좋아하세요? 우리 엄마는 모란꽃을 참 좋아하는데. 저기 있는, 저 빨간색 꽃이요."

필순은 모란꽃을 손가락으로 가리키다 깜짝 놀랐다. 아직 한 번도 유코 할머니와 얘기해 본 적이 없는데 아주 오래된 사이인 양 말을 건네는 자신에게 놀랐다.

"사쿠라."

대답을 기대하고 물은 게 아니었는데 유코 할머니는 천진난만하게 웃으며 손을 뻗어 어딘가를 가리켰다. 그 손끝을 따라가 보니 벚꽃이었다. 시기로 보아 대부분 질 때인데, 늦된 벚나무 하나가 아직 꽃잎을 달고 있었다.

"아, 벚꽃!"

벚꽃은 일본 사람들이 좋아하는 꽃이라고 했다. 활짝 피어 가장 아름다울 때 미련 없이 화라락 생을 마감하는, 사무라이 정신을 닮아서 그런다고 했다.

"사쿠, 사쿠!"

갑자기 유코 할머니가 고개를 저으며 냅다 소리를 질렀다. 그러더니 벌떡 일어나 필순의 머리채를 휘어잡았다.

"으악, 왜 이러세요. 할머니?"

눈 깜짝할 새 벌어진 일이었다. 작은 몸집 어디서 그런 힘이 나오는지, 유코 할머니는 "사쿠, 사쿠." 하면서 죽자 살자 머리끄덩이를 잡아당겼다. 머리통이 불이 난 것처럼 뜨거웠다.

"앗, 할머니 놔요. 아파요, 놓으라고요!"

필순은 머리채를 잡힌 채 무릎걸음으로 끌려다녔다. 그러다 번뜩 사쿠라를 못 알아들어서 화가 난 게 아닌가 싶었다.

"아, 알았어요. 벚꽃이 아니고 사쿠라예요, 사쿠라!"

바꿔 말해도 소용없었다. 필순은 안 되겠다 싶어 할머니를 넘어뜨리고 위로 올라탔다. 그러려고 한 건 아니었지만, 모양새가 또래랑 싸울 때 그랬던 것처럼 돼 버렸다. 유코 할머니는 필순의 밑에 깔려 한참을 버둥거리다 힘이 달렸는지 손을 풀었다. 손아귀에 머리카락이 한 움큼 뽑혀 있었다. 흐트러진 머리를 손가락으로 쓸어내리자 머리카락이 뭉텅 빠져나왔다. 거울에 비친 몰골을 보니 영락없는 귀신 형상이었다.

필순은 너무 화가 나고 어처구니가 없어 눈물이 났다. 정신이 오락가락하는 노인을 상대로 왜 그러느냐고 따질 수도 없었다. 유코 할머니는 씩씩거리며 필순을 노려보았다. 유코 할머니 머리도 엉망이었다. 머리채를 맞잡은 건 아니었지만 서로 엉켜 뒹굴다 보니 올린 머리가 풀어 헤쳐져 있었다. 순식간에 벌어진 날벼락에 필순은 어이가 없었다.

"이 노망 든 망구탱이!"

필순은 주저앉아 꺼이꺼이 울어 버렸다. 우는 것 말곤 달리 분을 삭일 길이 없었다. 그런 필순을 멀거니 보고 있던 유코 할머니도 따라 울기 시작했다.

"으허엉, 엉엉."

잠시 저러다 말겠거니 했는데, 유코 할머니의 울음이 점점 커졌다. 당황한 필순은 이 사태를 어찌해야 좋을지 눈앞이 깜깜해졌다.

"할머니, 그만 울어요. 울고 싶은 건 나라고요. 제발, 그만 좀 울라고요!"

달래고 다그쳐도 소용이 없었다. 필순은 지쳐 바닥에 쓰러지듯 누워 버렸다. 지금 안주인이 쫓아온대도 손가락 하나 까닥할 힘이 없었다.

얼마나 시간이 흘렀을까. 유코 할머니도 지쳤는지 울음을 그쳤다. 할머니는 아무 일도 없었다는 듯이 처음처럼 흔들의자에 앉아 다시 흥얼거리기 시작했다.

"내가 미쳐!"

필순은 제 가슴을 주먹으로 쳤다. 역시 처음 생각했던 것처럼 무서운 할멈이었다. 경성의 저택 생활이 결코 호락호락하지 않을 것이라는 선전 포고를 하는 것 같았다. 이제 시작인데 몸도 마음도 몹시 고단했다.

'동순 언니는 공장에 도착했을까? 공장이 흥남 어디라고 했는데, 여기서 얼마나 멀까? 나도 동순 언니 따라 공장에나 갔으면 좋았을걸. 언니랑 함께 있으면 노래도 부르고…….'

"오나카 스이타, 고항!(배고파, 밥!)"

별안간 내지르는 소리에 필순은 깊은 상념에서 깨어났다. 불과 며칠 사이에 과거와 현재가 까마득히 멀게 느껴졌다. 유코 할머니는 필순의 눈앞에 놓인 엄연한 현실이었다.

"고항, 하야쿠!(밥, 빨리!)"

유코 할머니의 눈빛이 또다시 사나워졌다.

"대체 뭐라는 거지?"

필순은 유코 할머니가 발작하듯 내지르는 일본말을 알아들을 수가 없어 눈빛과 표정으로 미루어 짐작해 보려 애썼다. 하지만 떼쓰듯 재촉하는 성화에 정신을 차릴 수가 없었다.

"할머니, 변소 가고 싶어요?"

여전히 막무가내였다. 아, 그럼…… 혹시 밥인가?

"배고파요?"

필순은 얼른 손으로 떠먹는 시늉을 해 보였다. 그러자 유코 할머니도 필순을 바라보며 손을 입으로 가져갔다.

"아, 알았어요. 부엌에 가서 먹을 것 좀 달라고 할게요. 조금만 기다리세요, 알았죠?"

밖으로 나와 보니 어느새 어스름이 몰려와 있었다. 햇살 아래서 빛나던 정원은 고요히 가라앉아 있었다. 이제 곧 저택의 하늘도 온통 까맣게 변할 터였다.

유코 할머니

"어, 왜 그래?"

섭섭이 필순을 보더니 두 눈이 휘둥그레졌다. 필순은 흐트러진 자신의 모습을 보고 그런다는 걸 알았지만 대꾸하고 싶지 않았다. 그 어떤 말로도 지금의 심정을 정확히 설명할 길이 없었다.

"배고프시대."

필순은 섭섭의 눈길을 피하며 말했다.

"쯧……. 몰골이 그게 뭐야?"

걱정해 주는 건지, 못났다고 비웃는 건지, 섭섭이 혀를 차며 위아래로 훑어 내렸다. 필순은 모욕감이 들었다. 할머니 먹을 것이나 챙겨 주면 그만이지 무슨 참견이냐는 듯 섭섭을 노려봤다.

"네 사정도 만만치 않던데 뭘."

필순이 섭섭의 종아리를 턱으로 가리키며 받아쳤다.

"뭐야?"

섭섭의 눈매가 꼿꼿해졌다. 재빨리 한쪽 발로 종아리를 가렸지만 치마 밑으로 드러나는 회초리 자국은 가리지 못했다. 이미 거무죽죽하게 자리 잡은 상처 자국 위에 새로 생긴 붉은 줄이 선명했다. 갑자기 섭섭의 눈자위가 붉어지더니 눈동자에 반짝 물기가 어렸다.

'이렇게까지 하고 싶진 않았는데…….'

필순은 자기도 모르게 뾰족해진 마음에 놀랐다. 저렇게 상처 자국이 남을 정도면 수없이 피가 맺히도록 맞았다는 증거다.

"미안, 내가 너무 예민해졌나 봐. 보다시피 여기에 오자마자 많이 힘들었거든."

필순은 콧날이 찡해지며 눈이 뜨거워졌다. 눈물을 보이지 않으려고 눈에 힘을 주고 다른 곳을 쳐다보았다.

"곧 마님이 내려오실 거야. 유코 할머니 음식은 내 맘대로 줄 수 없어. 자, 이걸로 머리나 묶어. 괜히 한 소리 들을라."

섭섭이 소매 안에서 길쭉한 헝겊을 꺼내 필순에게 내밀었다. 손수건이었다. 그동안 얼마나 많이 울었는지 군데군데 눈물로 얼룩이 졌다. 그때 나무 계단이 삐거덕거리는 소리와 함께 발소리가 났다. 안주인이 내려오는 모양이었다.

"얼른!"

필순은 재빨리 헝클어진 머리카락을 손으로 쓱쓱 빗어 질끈 묶었다. 필순이 섭섭을 향해 마주 섰다.

"됐어?"

섭섭이 고개를 끄덕였다. 둘은 은밀한 일이라도 꾸민 양 어색하게 웃었다. 웃는 섭섭의 왼쪽 볼에 볼우물이 팼다. 둥그스름한 얼굴에 보조개가 썩 잘 어울렸다.

"유코 상은?"

부엌으로 들어선 안주인이 필순을 보더니 물었다.

"시장하신가 봐요. 밥 달라고."

"흠, 밥 달란다고 무조건 갖다 줘선 안 돼. 지금처럼 식사 시간이면 몰라도."

안주인의 말투는 단호했다.

부엌은 두 칸으로 나뉘어져 있는데, 안쪽에선 찬모 아주머니가 음식을 준비하고 있었다. 안주인은 기모노 차림으로 부엌 안을 종종걸음 치며 온갖 참견을 했다. 음식 간을 보고 미간을 찌푸리거나, 펼쳐 놓은 그릇들을 들여다보며 짜증을 냈다. 톤이 높은 안주인의 목소리는 그릇 부딪치는 소리보다 더 귀에 거슬렸다. "이게 뭐야, 저런 바보 같으니!", "구제 불능 조센징……." 섭섭에게 야단치는 말들이 쏟아졌다. 섭섭은 안주인에게 지적을 받을 때마다 죄송하다며 머리를 조아렸다.

필순은 안주인의 지시대로 차린 소반을 들고 별채로 왔다. 할머니의 식사가 끝나면 부엌으로 와서 밥을 먹으라고 했다.

"할머니, 밥 가져왔어요. 어서 드세요."

유코 할머니는 밥을 보고도 별 반응을 보이지 않았다. 이미 어둠이 내린 창밖만 바라볼 뿐이다.

"배고프다고 했잖아요?"

소용없었다. 유코 할머니의 아득해진 눈빛은 정원 어디쯤이 아니라 그 너머, 깜깜해진 기억 속 어딘가에서 길을 잃은 것 같았다.

필순은 기다리기로 했다. 그 어디쯤에서 희미한 빛줄기라도 만나 다시 이곳으로 돌아오기를.

"그래요. 길을 잃은 게 어디 할머니뿐이겠어요. 나도 지금 어디로 가고 있는지 모르겠는데요."

음식을 앞에 두고 있자니 배 속에서 꼬르륵 소리가 났다. 필순은 얼른 배를 감쌌다. 들을 사람도 없는데 괜히 민망했다.

갑자기 유코 할머니가 고개를 홱 돌려 필순을 바라보았다.

"이시무라, 배고파?"

유코 할머니가 필순을 자신의 가슴팍으로 끌어당겼다. 앙상한 가슴팍에 축 늘어진 젖가슴이 필순의 얼굴에 닿았다.

"하, 할머니……."

필순은 당황스러웠지만 유코 할머니를 밀쳐 내지 않고 잠자코 있었다. 왠지 그래서는 안 될 것 같았다. 유코 할머니와 필순 사이로 시큼한 시간이 흘러갔다.

가녀린 두 팔로 필순의 몸뚱이를 끌어안고 앙가슴을 들이대는 이 늙은 여자는 어디쯤에서 소중한 시간을 잃어버린 걸까. 왜 이토록 슬픈 얼굴로 어린 아들을 부르는 걸까. 필순은 울컥 짠한 마음이 들었다.

"할머니, 슬픈 일이 있었군요."

필순은 유코 할머니를 꼭 안고 등을 토닥이다가 자기도 모르게 자장가를 흥얼거렸다. 어렸을 때 엄마가 자주 불러 주던 자장가였다.

자장자장 우리 아기
우리 아기 잘도 잔다
꼬꼬닭아 울지 마라
우리 아기 잠을 깰라
멍멍개야 짖지 마라
우리 아기 잠을 깰라.

자장가를 몇 번 반복해서 부르는 동안 유코 할머니의 곤두섰던 몸이 스르르 풀리는 게 느껴졌다. 필순의 노래가 끝나자 유코 할머니도 필순의 등을 토닥이면서 노래를 흥얼거렸다. 가사는 알 수 없지만 마음이 편안해지는 것이 그 또한 자장가인 것 같았다. 그렇게 둘이서 번갈아 몇 번 부르다 보니 어느새 유코 할머니는 잠이 들었다.

"에그, 꿈속에서도 길을 잃으셨나? 자면서도 찡그리고 계시네."

필순은 유코 할머니의 두 눈썹 사이에 깊이 팬 주름을 짠한 마음으로 바라보았다.

유코 할머니는 조선말을 모르고, 필순은 일본말을 몰랐다. 그러나 노래로 소통이 가능했다. 방 청소를 할 때 필순이 〈군밤타령〉을 부르면 유코 할머니는 얼른 일어나 한쪽으로 비켜섰다. 곡이 흥겨워서 필순이 어깨를 들썩대면 유코 할머니도 어색하게 따라 했다. 빨래를 개고 있으면 유코 할머니도 따라 개며 흥얼흥얼 노래를 불렀다. 어렸을 적 엄마와 빨래를 개키며 불렀던 노래인 것처럼.

"와! 할머니, 노래 잘하시네. 혹시 가수였어요?"

할머니는 필순이 말하면 마치 알아들은 것처럼 비긋이 웃었다.

어느 날, 부엌 한쪽 바닥에서 섭섭과 밥을 먹으며 필순이 물었다.

"유코 할머니는 어떤 분이야?"

섭섭이 느닷없이 무슨 소리냐는 듯 눈이 커지더니 이내 심드렁하게 말했다.

"주인 나리의 어머니, 마님의 시어머니잖아."

김치 한 쪽을 쭉 찢어 입에 넣느라 고개를 한껏 쳐들고 섭섭이 대답했다.

"누가 그걸 몰라? 그것 말고."

필순이 밥그릇을 들고 입에 쓸어 담으며 눈을 흘겼다. 젓가락만으로 밥을 먹으려니 늘 밥알이 흘렀다.

"그럼 치매 걸린 노인?"

섭섭이 장난치듯 되받자 필순은 약이 올랐다.

"치, 난 또 먼저 들어온 선배라고 목에 힘을 주기에 뭐 좀 아는 가 했더니 나랑 다를 것도 없구나."

필순이 받아치자 섭섭이 와락 눈을 부릅떴다.

"다를 게 없다니 그 무슨 섭한 말씀? 그동안 주워들은 게 얼만데, 꺼억!"

섭섭이 트림을 하자 필순이 코를 막고 손을 내저었다. 씩 한 번 웃어 보인 섭섭이 두서없는 이야기를 풀어놓았다.

유코 할머니가 경성으로 온 것은 삼 년쯤 되었단다. 우연히 엿들은 주인 내외의 말에 따르면, 일본에서 치매 걸려 혼자 살고 있는 걸 이시무라 경무국장이 경성으로 모셔 왔다고 했다. 유코 할머니는 처녀의 몸으로 이시무라를 낳았고, 이시무라를 사무라이 집안의 양자로 보냈다. 훗날 경찰이 된 이시무라는 부잣집 딸과 결혼해서 조선 총독부 경무국장으로 왔다. 부인의 집안이 행세깨나 하는지라 저택에 오는 손님 대부분은 안주인의 손님이란다. 경무국장의 빠른 출세도 안주인의 역할이 큰 것 같다고 했다.

"그게 다야?"

생각보다 별스러운 내력이 아니어서 필순이 심드렁해서 일어서려는데 섭섭이 필순의 팔을 잡아당겼다.

"성질도 급하긴, 그게 다가 아니야. 실은……."

섭섭이 고개를 갸우뚱하며 이상한 표정을 지었다.

"왜 그래?"

"저기……. 아, 아니야."

무슨 말을 하려다가 말고 섭섭이 입을 다물어 버렸다. 필순은 약이 바짝 올랐다. 궁금한 걸 못 참는 성미는 여전했다.

“뭔데 그래? 사람 궁금하게 해 놓고 입 닫으면 거시기에 털 난다.”

“뭐?”

섭섭이 어이없다는 표정으로 필순을 쳐다보았다. 순간 필순도 말해 놓고 쑥스러워서 쿡 웃고 말았다. 고향에서 동순과 심심찮게 하던 농담이었다.

“우리 동순 언니가 그랬어. 궁금하게 해 놓고 말 안 해 주면 거시기에……. 크크크.”

“어허, 그 언니 누군지 몰라도 입이 보통이 아닐세.”

“우리 큰집 언니야. 나랑 아주 친했거든.”

필순은 동순과 비밀스러운 이야기를 속닥거렸던 순간들이 떠올라 저도 모르게 빙그레 웃었다.

“권번에서야 그런 말 별스럽지도 않지만, 어디 얌전한 처녀가!”

섭섭이 필순에게 곱게 눈을 흘겼다.

“알았어, 알았다고. 어서 그 이야기나 해 봐. 뭔데 그렇게 뜸을 들여?”

“이 얘기 입 밖에 꺼내는 날이 내 제삿날이 될 거랬는데.”

섭섭이 제 입을 치며 너스레를 떨었다.

“누가?”

“마님이. 하긴 마님 말씀처럼 그날 내가 헛것을 봤을 수도 있고……. 근데 그게 왜 이렇게 잊히지 않고 선명할까? 으으…….”

섭섭이 과장되게 몸을 떠는 시늉을 했다.

"네가 마님한테 맞아 죽기 전에 내가 먼저 돌아가시겠다, 이그."

필순이 제 가슴을 치며 눈을 흘겼다. 섭섭은 풋 웃더니 필순의 귀를 잡아당겼다. 필순은 침을 꼴깍 삼켰다.

"무슨 말이냐면……. 음…… 다음에 말해 줄게."

"끼약! 너, 너, 죽을래?"

"히히히……. 곧 마님이 부를 시간이야. 너도 얼른 유코 할머니한테 가 봐야지."

필순은 무슨 비밀스러운 얘기가 나오나 잔뜩 기대했다가 맥이 풀려 섭섭의 등짝을 한 대 쳐 주고 싶었다. 하긴 섭섭의 말대로 두 사람에게 주어진 시간이란 밥 먹고 치우는 데도 빠듯했다.

"다음엔 꼭 말해 주는 거지?"

필순은 할 수 없이 자리에서 일어났다.

아침부터 내린 비가 오후까지 추적추적 쉬지 않고 내렸다. 장마가 시작되려는 모양이다.

필순이 저택에 온 지도 일 년이 넘었다. 이제 유코 할머니를 건사하는 일에 어느 정도 적응이 되었다. 할머니가 느닷없이 화를 낼 때 머리채를 잡히지 않을 정도의 간격도 가늠할 줄 알고, 아이처럼 품속으로 파고들면 안아 주고, 졸리면 무릎도 내어 주고, 입술을 오물거리면 배가 고프다는 걸 알아차렸다. 멍하게 앉아 있으면 애써 눈을 맞추며 웃어 주기도 했다. 그러다 가끔 정신이 돌아오면 전과는 사뭇 달라졌다. 다소곳이 앉아 차를 마시다가 필순이 다가가면 엄한 눈빛으로 경계했다. 시중드는 아이 이상으로 여기지 않았다. 싸늘히 돌아앉아 눈길도 주지 않았다. 그럴 때면 필순은 당황스러웠다. 다행인지 불행인지 그런 날이 많진 않았지만.

날씨 때문인지 유코 할머니는 내처 잠만 잤다. 다다미방에 작은 몸을 동그랗게 말고 잠든 모습이 꼭 공벌레 같았다.

필순은 조용히 홑이불을 덮어 주고 거실로 나왔다. 밀린 청소라도 해야겠다고 생각했지만, 몸뚱이가 물 먹은 솜처럼 무거워서 유코 할머니가 늘 앉았던 흔들의자에 몸을 부렸다. 창밖 세상도 온통 젖어 무거워 보였다.

'유코 할머니는 여기서 무얼 보는 걸까?'

흔들의자의 규칙적인 흔들림이 이상하리만치 안정감을 주었다. 누가 밀어 주는 것도 아닌데, 의자는 언제까지고 멈추지 않겠다는 듯 흔들렸다. 아니, 움직임이 잦아들면 몸이 먼저 알고 의자를 밀어 끊임없이 움직임을 살려 냈다. 그 움직임을 타고 자연스럽게 노래가 흘러나왔다.

찔레꽃 붉게 피는 남쪽나라 내 고향
언덕 위에 초가삼간 그립습니다
자주고름 입에 물고 눈물 흘리며
이별가를 불러 주던 못 잊을 사람아.

필순은 깜짝 놀랐다. 스스로도 믿어지지 않을 만큼 잘 불렀다.

그동안 수십 번은 불렀지만 오늘처럼 잘 부르지는 않았다. 유코 할머니와 서로 노래를 주거니 받거니 하다 보니 연습이 되었나 보다. 언젠가 동순과 읍에 나갔을 때 처음 들은 노래다. 둘이 즐겨 부르던 민요나 창가와 흐름이 사뭇 달라서 충격을 받았다. 노래를 부르는 가수의 맑고 아름다운 목소리 때문만은 아니었다. 가요는 이상한 매력을 지니고 있었다. 듣고 있으면, 아픈 배를 쓸어내리듯 마음에 얹힌 무언가를 쓸어내려 주는 힘이 있었다.

'아, 나도 이런 노래를 잘 부르는 가수가 되고 싶었는데…….'

불현듯 어딘가에 꼭꼭 숨어 있던 작은 불씨 하나가 고개를 쳐드는지 가슴이 뜨거워졌다. 필순은 다른 노래도 공들여 불렀다.

"뭐 해?"

느닷없이 섭섭이 얼굴을 빼꼼 내밀었다.

"어? 웬일이야?"

"의자 주인은 어디 가고 네가 그걸 차지한 거야?"

섭섭이 거실을 한 바퀴 죽 둘러보더니 제법 여유 있는 품새를 보였다.

"유코 할머니는 방에서 주무셔. 요즘 잠이 많으시네. 근데 이 시간에 웬일이야?"

"마님이 찬모 아주머니를 데리고 출타하셨어. 청소도 다 했고, 모처럼 얻은 자유 시간을 그냥 보내기 아까워서 너랑 놀아 주려고 왔지."

"그러다 마님 오시면 어쩌려고?"

"늦는댔어. 마침 유코 할머니도 주무시는데 우리 부침개 해 먹을까?"

"부침개?"

말만 들어도 고소한 기름 냄새가 코끝에서 맡아지는 것 같았다. 비 오는 날 엄마가 해 준 부침개를 먹으며 처마에서 떨어지는 낙숫물을 보며 놀던 생각이 떠올라 더 입맛이 당겼다.

유코 할머니가 잠든 것을 다시 살핀 뒤, 둘은 살그머니 별채를 빠져나왔다.

"할머니도 하나 갖다 드려야지. 좋아하실 거야."

필순이 뒤를 돌아보며 말했다.

"아이고, 누가 보면 손녀딸인 줄 알겠다."

섭섭이 어이없다는 듯 눈을 흘겼다.

"엉? 정원사는 안 따라갔네. 항상 마님 그림자처럼 붙어 다니더니 웬일이지?"

섭섭이 목을 쭉 빼 어딘가를 바라보더니 툴툴댔다.

"왜 그래? 정원사 아저씨 있어?"

"괜찮을 거야. 저 사람은 부엌엔 얼씬도 안 하니까. 뭣하면 하나 갖다 주면서 '조선 부침개라는 건데 한번 드셔 보세요.' 하면 되지 뭐."

필순은 섭섭의 코맹맹이 시늉에 소리 죽여 웃었다.

지지직, 기름을 두른 솥뚜껑에서 부침개 반죽이 동그랗게 펴졌다. 고소한 냄새가 진동을 했다. 목에서 침이 꼴깍 넘어갔다.

"권번에 있을 땐 비 오는 날이면 자주 해 먹었는데, 여기 와선 한 번도 못 먹었어. 일본 사람들은 국수를 좋아하나 봐."

노릇노릇 익어 가는 부침개를 흐뭇한 눈빛으로 바라보며 섭섭이 말했다.

"권번? 근데 권번이 뭐 하는 곳이야?"

마침 때를 만났다는 듯이 필순이 섭섭의 턱 밑에 얼굴을 바짝 들이대며 물었다.

"에그, 이 처자 좀 보게. 아직도 모르나 보네. 다시 안 묻기에 알고 있나 했더니. 후후, 처음 만났을 때도 그렇게 물었지?"

섭섭이 그날 일이 떠오르는지 미소를 지었다.

"그래. 난 정말 몰라서 물었는데 팩 토라져서는. 그때 등짝을 한 대 때려 주고 싶은 걸 간신히 참았다니까."

필순도 그날 일이 떠올라 씩 웃으며 대답했다.

"그땐 너도 나처럼 권번에서 왔나 했지. 실은 내가 이 집에 오게 된 건 스즈키 소개로 유코 할머니 시중을 들려고 온 거였거든."

"그래?"

섭섭의 입에서 생각지도 못했던 말이 튀어나왔다.

"권번은 기생을 만들어 내는 학교 같은 곳이야. 난 한성 권번에 있었어."

"기생? 너 기생이었어?"

필순의 눈이 튀어나올 듯이 커졌다.

"될 뻔했지. 근데 그것도 복이라고 내 차지가 못 됐어. 여덟 살에 술주정뱅이 아버지가 날 권번에 팔았어. 처음엔 권번에서 기생 공부를 하며 노래와 춤을 배웠어. 그런데 삼 년이 지난 어느 날, 기생어미가 따로 부르더니 다 관두고 허드렛일이나 하라는 거야."

"아니 왜?"

"나처럼 가무를 못 하는 애는 권번 나고 처음 봤다나. 아무래도 기생이 되긴 글렀으니 부엌일이나 하며 밥값을 하라는 거야. 하긴 차라리 그게 나았는지도 몰라. 난 그 노래가 정말 맘에 안 들었거든."

"무슨 노래인데?"

"권번에서 부르는 노래는 시조에 가락을 붙여 숨을 늘여 빼며 부르는데, 정가라고 해. 그걸 잘해야 일등 기녀가 되고. 난 정가에 전혀 흥미가 없었어. 마님 유성기에서 흘러나오는 가요가 훨씬 더 좋거든."

"가요? 유성기?"

필순은 언젠가 야학 선생님에게 들었던 유성기라는 말이 생각나 호기심이 일었다.

"너 유성기 본 적 있어?"

"아니. 야학 다닐 때 선생님한테 들어 보긴 했지만."

"그래? 난 마님 유성기에서 흘러나오는 가요를 들어 봤는데, 정말 신기해."

"아, 넌 좋겠다. 바로 옆에서 들을 수 있으니."

"너도 한번 들어 볼래?"

“어, 어떻게?”

“마님 없을 때 살짝 들으면 되지 뭐.”

“그래도 돼? 그러다 마님이 오시면.”

필순은 유성기가 몹시 궁금했지만 선뜻 나서기엔 겁이 났다.

“이그, 알았어. 암튼 그렇게 난 권번에서 허드렛일이나 하면서 눈칫밥을 먹었지. 그러던 어느 날, 스즈키를 만나게 됐어. 스즈키는 기생들에게 인기가 많았어. 기생들을 유곽에 연결하려고 권번에 자주 들렀거든. 주로 노래를 잘 부르는 기생들을 뽑아 갔어.”

“그래? 왜 노래 잘 부르는 사람만 뽑아 갔어?”

“노랠 잘해야 화대도 두둑할 테니까. 하루는 스즈키가 나를 부르더라고. 치매 할머니 시중만 잘 들면 눈칫밥 안 먹어도 될 곳이 있다면서. 쫓겨날 처지였던 나로선 거절할 이유가 없었지.”

“그랬구나. 근데 왜?”

“왜 여기서도 허드렛일이나 하고 있냐고? 그게, 그럴 일이 좀 있었어.”

“무슨 일?”

섭섭은 부침개 뜯어 먹으랴 이야기를 하랴 입과 손이 바빴다. 필순은 그런 섭섭이 다른 때보다 정겹게 느껴졌다. 예전에 동순과도 부뚜막에 걸터앉아 갓 쪄낸 고구마를 호호 불며 은밀한 이야기를 나누곤 했었다. 꼭 그때의 기분이 들었다.

“필순이 너, 유코 할머니가 이상한 노래를 흥얼거리는 거 들었지?”

"일본 노래겠지. 그게 왜?"

필순은 그게 뭐가 이상하냐는 듯 물었다.

"그게 말이야. 게이샤들이 부르는 노래인가 봐."

섭섭이 목소리를 낮춰 은밀하게 속삭였다.

"게이샤? 그게 뭔데?"

"언젠가 우연히 주인 나리와 마님이 하는 얘길 들었는데, 유코 할머니 이야기를 하면서 게이샤가 어쩌고저쩌고 하더라고. 내가 권번에 있을 때 들었는데, 게이샤들은 얼굴에 하얀 분칠을 한대. 근데 내가 저녁상을 들고 간 그날, 유코 할머니가 얼굴에 허옇게 분칠을 하고 요상한 춤을 추고 있는 거야. 방에 불도 안 켜고 어스름 속에서……. 아휴, 그때 내가 얼마나 놀랐던지. 상을 떨어뜨리고 고함을 질렀지, 으흣."

섭섭은 그때의 기억이 떠오르는지 전율하는 시늉을 했다.

"그래서?"

"마님한테 달려가 고했지. 마님도 놀라긴 했지만 처음 있는 일이 아닌 것 같았어. 그 길로 방을 뒤져서 게이샤가 쓰는 물건들을 찾아내더라고. 북이며 거문고 비슷한 악기랑 화장할 때 쓰는 물건들. 마님이 그것들을 전부 불태워 버렸어. 그때 유코 할머니, 난리도 아니었어. 마님한테 욕을 하고, 머리채를 쥐어뜯으려고 달려들었다니까."

"오, 그런 일이 있었구나!"

"암튼 그 일로 유코 할머니는 날 보면 도끼눈을 뜨고 달려들었어. 이것 봐, 이 손톱자국들. 다 유코 할머니가 할퀸 거야. 보다 못했는지 마님이 본채로 옮기라고 하더라고. 마님도 그보다 덜하진 않았지만."

섭섭은 목 언저리에 난 상처와 머리카락으로 가려진 귀 옆의 상처, 팔뚝에 난 상처들을 필순에게 보여 주었다. 섭섭은 온몸이 상처 자국으로 얼룩져 있었다.

"근데 유코 할머니가 게이샤인 줄 알고 있었다면서 마님은 왜 그렇게까지 심하게 하는 거야?"

"왜 그러겠어? 이 사실을 집에 드나드는 손님들이 알기라도 하면 나리 체면에 손상이 가니까 그러겠지. 경무국장의 어머니가 게이샤 출신이라니, 경성 바닥이 떠들썩해질걸. 마님은 남편의 출세를 곧 자기 출세로 아는 사람인데 가만두겠어? 나한테도 오죽했게? 이 일을 입 밖에 내면 살아남지 못할 거라고 단단히 을러댔어. 그러니까 너도 죽을 때까지 입 다물어야 돼. 알았지?

"알았어. 근데 넌 이제 죽은 목숨이네, 히히."

"뭐야!"

섭섭의 말을 듣고 나니 필순은 그동안 유코 할머니가 보인 이상한 징후들이 조금은 이해가 되었다.

유성기

그로부터 며칠이 지난 오후였다. 유코 할머니를 재우고 나오는데 섭섭이 긴 복도를 총총걸음으로 달려오고 있었다. 환히 웃으며 필순에게 손을 흔드는 모습이 왠지 위태로워 보였다.

"너, 유성기 보고 싶다고 했지. 오늘 볼래?"

"정말?"

"이 층 마님 방에 있는 유성기가 아마도 경성에서 제일 좋은 걸 거야. 경무국장 부인인데 어련하겠어."

"아, 유성기라는 게 대체 어떻게 생겼어? 진짜 궁금해."

"나팔꽃처럼 생긴 커다란 구멍에서 노래가 나오는데 정말 신기해. 소리도 크게 작게 할 수도 있고. 난 이 층 청소를 하면서 자주 들어. 근데 때때로 새로 나온 가요 음반도 들어와. 스즈키가 갖다 주는 것 같아. 스즈키가 왔다 가면 그런 것들이 있더라고."

"베레모가? 아 참, 경성에 레코드사를 차리고 싶어 하더니 벌써 차렸나 보구나?"

"글쎄, 그런 것 같진 않아. 지난번에도 스즈키가 다녀갔는데, 주인 나리와 마님한테 된통 혼나는 걸 얼핏 들었거든. 레코드사 타령만 하지 말고 일이나 제대로 하라고. 여공 모집이 어쩌고 하면서. 왜 스즈키가 여공 모집을 하지? 마님이 공장을 샀나?"

섭섭이 고개를 갸웃거리며 말했다.

"베레모가 우리 감골에도 여공을 모집하러 왔었어. 그래서 우리 동순 언니도 공장에 돈 벌러 간 거잖아."

"레코드사를 차리는 거랑 여공 모집이랑 무슨 관계가 있지?"

"그러게."

필순과 섭섭은 바로 유성기로 화제를 돌렸다.

"유성기 보고 싶다. 얼른 보여 줘."

"알았어. 안 그래도 오늘은 너한테 유성기 보여 주려고 했어."

섭섭이 유성기가 마치 제 것인 양 필순에게 인심을 썼다. 허락없이 함부로 집 안을 돌아다니지 말라는 안주인의 엄명이 떠올랐지만, 필순은 용기를 내 보기로 했다. 언제 또 기회가 올지 알 수 없었다.

"올라가 보자."

필순은 섭섭을 따라 이 층으로 올라갔다. 나무 계단에서 삐걱 소리가 날 때마다 가슴이 조마조마했다. 집 안에 아무도 없는 줄 알지만, 금지 구역을 간다는 사실이 죄를 짓는 것 같았다. 필순은 조심스럽게 한 걸음, 한 걸음 계단을 올랐다. 섭섭이 익숙하게 커다란 미닫이문을 열었다. 다다미가 스무 장 남짓 깔린 안주인의 방은 넓고 깔끔했다.

"바로 저거야!"

섭섭이 창문 쪽에 있는 어떤 물건을 손가락으로 가리켰다. 역광이라 앞모습이 제대로 보이진 않았지만, 커다란 나팔꽃 한 송이가 거기 있었다.

"오, 이게 유성기구나!"

필순은 마치 자석에 이끌리듯 유성기 옆으로 바짝 다가갔다. 나팔꽃 한 송이가 어두운 상자 속을 막 뚫고 나와 자신을 바라보는 것 같았다. 필순은 사랑스러운 눈길로 유성기를 찬찬히 살펴보았다.

"아직 감동에 빠지기엔 일러. 진짜는 소리야. 한번 들어 볼래?"

섭섭은 중요한 비밀이라도 가르쳐 주는 양 낮게 속삭였다.

"그래도 될까? 마님이 아시면……."

말은 그렇게 했지만 필순의 눈은 이미 상자 위에 얹혀 있는 검은색 원형 판에 꽂혀 있었다.

"몰래 듣는데 어떻게 알겠어. 마님이 하는 걸 봐서 나도 잘 틀어. 이것 봐."

섭섭이 망설임 없이 뾰족한 바늘 같은 것을 판 위로 내려놓았다. 원형 판이 빙그르르 돌아가면서 여자 목소리가 흘러나왔다.

"와우!"

신기했다. 섭섭이 고개를 끄덕끄덕하면서 박자를 맞추더니 이

내 노래를 따라 불렀다.

광막한 광야에 달리는 인생아
너의 가는 곳 그 어데이냐.

필순의 눈이 휘둥그레졌다. 섭섭은 놀라움과 부러운 눈빛으로 자신을 바라보는 필순의 표정을 보고 더욱 목청을 높여 불렀다.

돈도 명예도 사랑도 다 싫다.

노래를 끝맺고 섭섭이 개선장군처럼 활짝 웃었다. 그 모습이 너무나 당당했다.

"와, 너 노래 잘하구나!"

필순이 두 손을 가슴에 모으고 탄성을 질렀다.

"잘하긴 뭐. 청소하면서 귀동냥으로 얻어 들었지. 자주 듣다 보니 노래가 저절로 입에 붙었어."

"좋겠다, 넌. 이런 노래를 자주 들을 수 있어서. 지금 이 노래는 어떤 노래야?"

"응, 마님이 자주 듣는 건데 〈사의 찬미〉라는 노래야. 전에 권번에 있을 때도 몇 번 들었어. 친한 언니가 기생 어미 몰래 불렀거든. 근데 난 이렇게 청승맞은 노래는 별로야. 하긴 이 노래에 슬픈 사연이 있긴 하지만."

"슬픈 사연?"

"이 노래를 부른 가수가 윤심덕인가 하는 여잔데, 잘나가는 신여성이었대. 그런데 김우진이라는 남자하고 눈이 맞았대. 남자는 이미 유부남이었고, 이루어질 수 없는 사랑을 한 거지. 그래서 둘이 바다에 빠져 자살했대."

"그래서 그렇게 가락이 슬펐구나."

필순은 노래에 깃든 사연 때문에 노랫말이 가슴에 온전히 스며와 마음이 짠해졌다. 슬픈 것도 아름다울 수 있다는 생각이 처음으로 들었다.

"나쁜 남자지 뭐야. 부인은 어쩌라고."

섭섭이 입을 삐죽거렸다. 기껏 노래 잘 불러 놓고 싫다고 말하는 섭섭의 기분을 필순은 알 것도 같았다. 노래를 부를 때 유난히 목에 힘줄이 도드라졌다. 높은음을 낼 때 더 그랬다.

"너 〈찔레꽃〉이라는 노래도 알아?"

필순이 나도 아는 가요가 있다고 자랑하듯 물었다.

"알지. 그 음반도 여기 있을 거야."

섭섭이 음반이 꽂힌 책장을 뒤지더니 〈찔레꽃〉을 찾아냈다.

"여기 있다. 백난아의 찔레꽃!"

섭섭은 다시 능숙하게 〈찔레꽃〉 음반을 유성기 위에 얹고 바늘을 올려놓았다. 백난아의 청아한 음색을 타고 노래가 흘러나왔다. 필순이 가락에 맞춰 따라 불렀다. 혼자서 그냥 부를 때보다 박자가 좀 빠른 것 같았다. 그래도 가수와 함께 부르고 있다고 생각하니 기분이 좋았다.

이별가를 불러 주던 못 잊을 사람아.

"야 봉필순, 노래 잘하는데?"

"네가 더 잘하면서 뭘."

필순은 인사치레라도 섭섭의 칭찬에 기분이 좋았다.

"참, 아주 재밌는 노래도 있어. 마님 취향은 아닌데 어쩌다가 한 번씩 듣더라고."

섭섭이 음반을 뒤적이더니 하나를 골라 유성기 위에 얹었다. 음반이 뱅그르르 돌아가면서 빠른 가락과 함께 코맹맹이 여자 가수의 목소리가 흘러나왔다. 섭섭도 코맹맹이 소리를 내며 따라 불렀다. 빠른 박자에 맞춰 애교스러운 몸짓까지 해 가면서 불렀다. 그 모습이 어찌나 익살스럽던지 필순은 배를 잡고 웃었다. 〈오빠는 풍각쟁이〉라는 곡이었다.

오빠는 풍각쟁이야 뭐
오빠는 심술쟁이야 뭐
난 몰라 난 몰라
내 반찬 다 뺏어 먹는 건 난 몰라
불고기 떡볶이는 혼자만 먹구
오이지 콩나물만 나한테 주구

오빠는 욕심쟁이 오빠는 심술쟁이

오빠는 깍쟁이야.

노랫말이 재밌었다. 필순의 반응에 섭섭은 신바람이 나서 세 번이나 반복해서 불렀다. 필순도 금방 따라 불렀다. 눈썰미가 좋은 필순은 유성기 조작도 금세 눈에 익혔다. 동순과 같이 불렀던 민요도 찾아 틀었다. 민요는 필순이 섭섭보다 더 많이 알았다. 둘은 마치 노래 경연이라도 벌이는 양 번갈아 가며 불렀다. 안주인이 오면 어쩌나 하는 불안감은 씻은 듯 사라지고 없었다.

"너도 노래 좀 하는구나. 나 권번에 있을 때 정가는 잘 못 불러도 가요는 날 따라올 사람이 없었는데."

"나도 고향에서는 한가락 했다고! 근데 가요는 많이 몰라. 네가 좀 가르쳐 주라."

"맨입으로?"

"원하는 건 뭐든지 말해. 없는 것만 빼고 다 줄게."

"봉필순한테 뭐가 있기는 하고?"

깔깔깔.

호호호.

필순과 섭섭은 오랜만에 행복하게 웃었다.

몇 곡이나 더 불렀을까? 뜬금없이 섭섭이 필순에게 엄청난 제안을 했다.

"애, 우리 노래자랑에 나가 볼까?"

"노래자랑?"

"응. 신인 가수 선발 대회인데, 3등 안에만 들면 가수가 된대."

"가수가 된다고?"

필순의 눈이 튀어나올 듯이 커졌다.

"그래. 네가 좋아하는 〈찔레꽃〉을 부른 가수 백난아도 신인 가수 선발 대회에서 가수가 된 거래."

"정말? 와, 우리 한번 해 보자!"

필순은 흥분이 되어 섭섭의 팔을 붙잡고 팔짝팔짝 뛰었다.

"그럼 마님이 출타하고 없을 때 연습하자."

"좋아!"

필순과 섭섭은 새끼손가락을 걸고 약속했다.

얼마나 시간이 흘렀을까? 밖에서 쿵 하는 소리가 들렸다. 둘은 깜짝 놀라 서로를 쳐다보았으나 이내 잠잠했다. 집 밖에서 들리는 소음인가 싶어 둘은 다시 유성기 앞에 쭈그리고 앉았다. 필순은 얼마나 열을 내서 노래를 불렀는지 입안이 바짝 말랐다.

"아, 목마르다. 물 좀 마시고 올게. 넌 괜찮아?"

섭섭이 손을 내저었다. 가사를 익히려고 귀를 소리통에 바짝 대고 있었다. 필순은 먼저 마시고 한 잔 떠 와야겠다고 생각하며 방을 나왔다.

'후후, 아주 불이 붙었네.'

필순은 부엌에 들어가 물 한 바가지를 벌컥벌컥 들이켠 뒤 대접을 찾았다. 시렁 위가 엉망이었다. 섭섭이 밥을 먹고 제대로 치우지도 않은 채 유성기 앞으로 간 것이다.

"애고, 이게 뭐야."

필순은 날쌔게 시렁 위를 정리했다. 이 층에서 희미하게 섭섭의 노랫소리가 들려왔다. 필순이 빙그레 웃었다. 한 곡이라도 더 부르려고 유성기 앞에 찰싹 달라붙어 있을 섭섭의 모습이 그려졌다. 대접에 물을 가득 담았다. 부엌을 막 나가려는데 밖에서 말소리가 들려왔다.

'엉? 이게 무슨 소리지?'

분명히 말소리였다. 점점 가까이 들렸다. 안주인의 목소리…….
필순은 사색이 되어 어찌할 바를 몰랐다.

'저녁 늦게나 올 거라고 했는데…….'

필순은 온몸이 굳어 버린 것 같았다. 빨리 이 층에 있는 섭섭에게 알려 줘야 하는데 발이 떼어지질 않았다. 고함을 칠 수도 없었다. 지금 섭섭은 노랫소리에 취해 아무 소리도 못 들었을 것이다.

'아, 어떡해. 섭섭이 어떡하지?'

이러지도 저러지도 못하고 있는데 현관문이 왈칵 열렸다. 안주인과 찬모 아주머니가 들어섰다. 무슨 일이 있었는지, 안주인은 화가 잔뜩 난 목소리였다.

"도대체 일들을 어떻게 하는 거야?"

찬모 아주머니가 쩔쩔매며 부엌으로 들어오다 필순과 마주쳤다.

"어, 너 여기서 뭐 해? 유코 할머니 저녁 가지러 온 거야?"

"예? 아, 예."

필순은 눈앞이 어질어질하면서 진땀이 났다. 찬모 아주머니가 무슨 말을 하는지 귀가 윙윙거렸다.

"근데 걔는 어디 갔어?"

찬모 아주머니가 두리번두리번 섭섭을 찾았다. 필순은 다리가 후들거렸다.

"아, 저……."

그때였다. 이 층에서 무명천이 쫙 찢어지는 듯한 소리가 들려왔다. 안주인의 고함 소리였다. 찬모 아주머니가 놀라 후다닥 이 층으로 뛰어 올라갔다. 필순은 쓰러지듯 바닥에 주저앉고 말았다.

타닥, 쿵!

뭔가를 집어 던지고 부딪혀 깨지는 소리가 났다. 중간 문이 열렸는지 고함 소리와 비명이 더 크게 들려왔다.

"꺅!"

"이 더러운 조센징……."

"자, 잘못했어요. 마님! 한 번만 용서해 주세요. 다시는 안 그럴게요."

"용서해 달라고? 이 버러지 같은 것이 감히 내 물건에 손을 대? 그 손모가지를 잘라 버려야 네 주제를 알겠지?"

"으악!"

안주인의 멸시에 찬 욕설이 송곳처럼 필순의 귓속으로 파고들었다. 사이사이 섭섭의 비명이 들릴 때마다 필순은 몸에 전율이 일었다.

'아, 이게 꿈이었으면, 진정 꿈이었으면…….'

필순은 두 무릎 사이에 얼굴을 파묻고 서럽게 흐느꼈다.

정원사가 이 층으로 다다다 뛰어 올라갔다. 정원사는 섭섭의 머리채를 잡고 계단으로 질질 끌고 내려와 마룻바닥에 패대기를 쳤다.

"섭, 섭섭아!"

필순은 피투성이가 된 섭섭을 망연자실 바라보았다. 바닥에 널브러진 섭섭의 모습은 조금 전과 믿어지지 않을 만큼 달랐다. 산발한 머리카락 밑으로 피가 흘러내렸다. 목 언저리에도 여기저기 할퀸 자국이 선명했다. 저고리 고름이 풀려 도독한 젖가슴이 보였다.

'너무해……. 너무해요!'

필순은 비명이 터져 나오려는 입을 행주로 틀어막았다.

"꼴도 보기 싫으니 이년을 어서 끌고 나가!"

"마님, 잘못했어요. 용서해 주세요."

섭섭은 빌고 또 빌었다. 그러나 그 말이 안주인의 귀에까지 닿기에는 멀고 멀어 보였다. 감골이 경성에서 아득히 멀 듯이.

정원사가 기진맥진한 섭섭을 거칠게 일으켜 세우더니 질질 끌고 뒷문 쪽으로 갔다. 부엌을 지나치면서 섭섭과 눈이 마주쳤다. 그런데 섭섭이 재빨리 필순의 눈길을 피했다.

'섭섭아, 이 일을 어떡하면 좋으니? 나도 함께했는데…….'

찬모 아주머니가 필순에게 소반을 내밀었다.

"자, 갖다 드려."

필순은 소반을 들고 미적미적 부엌을 나왔다.

어떡해야 하나. 이대로 혼자서만 별채로 가도 되는 건가. 그때 가슴속에서 목소리 하나가 외쳤다.

'너도 끌려가기 전에 어서 별채로 가! 섭섭이는 이미 매를 맞았는데 나서 봐야 아무 소용 없잖아.'

필순은 섭섭이 끌려나간 뒷문을 뒤로하고 별채로 향했다. 천 리 먼 길 유배를 떠나는 죄인처럼 차마 떨어지지 않는 발걸음을 뗐다. 별채로 오는 길이 고향을 떠나 경성으로 오던 길보다 더 멀게 느껴졌다.

소반 위에는 유코 할머니에게 줄 삶은 감자가 놓여 있었다. 그걸 본 필순은 자신이 처한 현실이 바로 보였다. 치매 걸린 노인의 수발을 드는 몸종, 그 이상도 이하도 아니었다. 섭섭이 또한 부엌데기, 허드렛일이나 하는 식모에 불과할 뿐이었다. 일본인 집에 기거하는 조선인. 그런 주제에 감히 못 올라갈 나무를 쳐다봤다. 가지 말아야 할 곳을 넘보았다. 그러니 혼나는 건 당연하다고 필순은 자신을 향해 중얼거렸다.

'그런데 그건 무엇이었을까? 정원사에게 끌려가면서도 섭섭의 입가에 피어오르던 야릇한 미소, 모든 것을 포기한 상태에서 찾아온 절망의 헛웃음이었을까? 아니면…….'

필순은 머릿속이 벌집을 쑤셔 놓은 듯 혼란스러웠다.

'섭섭이는 왜 나를 모른 체했을까? 나도 함께 그런 거라고 왜 말

하지 않았을까? 나는 왜 함께했다고 나서지 못했을까?'

필순은 유코 할머니에게 감자를 으깨어 떠먹여 주는데 문득 무력감이 몰려왔다. 자신이 할 수 있는 일이란 그저 이런 일뿐이라는 게 참을 수 없이 참담했다. 동무가 매를 맞고 끌려가도 막아줄 수 없고, 함께한 일이니 자신도 매를 맞겠다고 용기 있게 나서지도 못한 겁쟁이. 화가 나고 부끄러웠다.

"배고파. 배고파."

상념에 빠져 필순이 숟가락을 잠시 멈춘 모양이었다. 유코 할머니가 으깨 놓은 감자를 손으로 집어 입에 넣었다. 깜짝 놀라 못 하게 하자 유코 할머니가 으깬 감자를 사방으로 뿌려 대며 소릴 질렀다. 필순은 불뚝 화가 치밀었다. 이번에는 참을 수가 없었다. 이 화를 참으면 온몸이 산산조각으로 터져 버릴 것 같았다.

"이 쪽발이 망구탱이야! 내가 종이야? 내가 할멈 종이냐고?"

필순은 씩씩대며 그릇을 바닥에 사정없이 내동댕이쳤다. 얼마나 고함 소리가 매서웠는지 유코 할머니가 눈이 화등잔만 해지며 울음을 터뜨렸다. 그러자 필순의 가슴속에서도 울렁거리던 울음덩이 하나가 가슴을 치받으며 목구멍을 넘어왔다.

"으헝헝, 섭섭아! 미안해, 미안해……."

필순은 바닥에 엎어져 엉엉 울었다. 이대로 방바닥이 천 길 아래로 푹 꺼져 어디론가 사라져 버렸으면 싶었다.

"미안해."

유코 할머니가 필순을 껴안으며 울었다. 갑작스러운 행동에 필순은 당황해 유코 할머니를 바라보았다.

"미안하다고요? 할머니, 지금 나한테 하는 말이에요?"

유코 할머니의 주름지고 짓무른 눈꺼풀 아래서 눈물이 하염없이 흘러내렸다. 할머니의 눈은 오래된 기억 속 어딘가를 어루만지고 있는 듯했다.

"미안해, 이시무라야. 엄마가 잘못했어. 널 버려서 미안해. 너를 데리고는…… 노래를 계속할 수가 없었어. 미안해."

유코 할머니는 좁다란 새가슴을 파도처럼 들썩이며 울었다. 언젠가 섭섭에게 들었던 유코 할머니의 과거 이야기가 떠올랐다. 필순은 유코 할머니를 꼭 안아 주었다.

"할머니도 누군가에게 엄청 미안했군요."

필순과 유코 할머니는 부둥켜안고 한참을 울었다. 서로 제 아픔으로 울었다.

울음 뒤에 찾아온 정적은 깊고 맑았다. 실컷 울고 난 유코 할머니는 편안한 모습으로 잠이 들었다. 필순의 마음도 한결 가벼워졌다.

밖은 어느새 어둠이 내려앉았다. 필순은 일어나 천천히 어질러진 방을 치웠다. 이윽고 본채의 불이 꺼지는 걸 보고, 필순은 남겨 둔 감자 한 알을 손에 쥐고 방을 나왔다.

겁탈

필순은 섭섭이 끌려 나갔던 뒷문으로 갔다. 어둠이 깔린 바깥 풍경은 그을음이 잔뜩 낀 등잔 속 같았다. 필순은 그 풍경 속을 찬찬히 둘러보았다.

‘섭섭이는 어디에 있을까?’

저만치 우물이 보였다. 그 맞은편에 있는 창고에 필순의 눈길이 머물렀다.

‘저기에 섭섭이가 있을지 몰라.’

필순은 행여 발에 차이는 게 있을까 조심하면서 우물 쪽으로 갔다. 가끔 섭섭이 양동이에 물을 길어 오던 모습이 떠올랐다. 정원사도 이 우물물을 퍼서 꽃과 나무에 물을 주었다.

필순은 조심조심 창고로 다가갔다. 창고 옆으로 장작더미가 높다랗게 쌓여 있었다. 창고 문에는 기다란 빗장이 걸려 있었다.

“섭섭아! 거기 있니? 나야 필순이.”

"……."

필순이 문틈에 대고 불러 보았지만 아무 응답이 없었다.

"섭섭아!"

다시 불러 봐도 마찬가지였다. 문득 집 밖으로 내쳐진 건 아닐까 하는 생각이 들었다. 그러자 온몸에 소름이 돋았다. 절망하고 돌아서려는데 안에서 희미하게 기척이 났다. 필순은 얼른 문틈에 귀를 갖다 댔다. 아무 소리도 들리지 않았다. 필순은 소리가 너무 작아서 못 듣나 싶어 조금 크게 불러 보았다. 그러자 안에서 신음 소리가 들렸다.

"으으으."

"오, 섭섭이구나. 나야 필순이."

필순은 눈물이 핑 돌았다. 얼마나 맞았으면 소리조차 내기 힘들까? 검푸르게 얼룩덜룩한 섭섭의 팔다리가 떠올랐다.

"많이 아프지……. 흑흑."

"필, 순, 아……."

섭섭이 몸을 끌고 끙끙거리며 문 가까이로 왔다. 필순이 문틈 사이로 손가락을 집어넣자 섭섭이 필순의 손가락을 만졌다. 그러자 온몸으로 뜨거운 기운이 쫙 번지면서 전율이 일었다.

"미안해, 너만 이렇게……."

"끄응, 괜찮아. 뭐 하러 둘이나 매를 맞아."

"그래도……. 너 혼자 무서웠을 텐데……."

"네가 이렇게 와 줬잖아……."

"배고프지? 이거 먹어, 감자야."

필순이 감자를 작게 떼어 문틈으로 넣어 주자 섭섭이 감자를 받아먹었다. 한 개를 다 먹었을 때쯤 섭섭이 말했다.

"이제야 좀 살 것 같네."

"내가 유성기 보고 싶다고만 안 했어도……. 이제 와서 후회한들 소용도 없지만……."

필순은 제 입을 찢고 싶도록 후회스러웠다.

"그래도 재밌었잖아. 난 전부터 마님 몰래 유성기에 손을 댔는데, 뭘."

섭섭은 주인을 원망하는 마음이 하나도 없는 듯 보였다.

"마님 화가 언제쯤 풀리실까? 화가 풀리면 여기서 꺼내 주겠지?"

"글쎄…… 모르겠네. 회초리는 많이 맞아 봤어도 갇힌 건 처음이라……. 후후."

"계집애, 지금 웃음이 나오냐?"

필순은 섭섭이 울지 않고 웃는 것이 다행이라 여기면서도 마음은 여전히 무거웠다.

그때 정원 저쪽에서 그림자 하나가 움직이는 게 보였다. 조심스럽게 이쪽으로 오고 있었다.

"섭섭아, 누가 오고 있어. 정원사 아저씨 같아. 나 가야겠어."

"그래? 필순아 어서 가. 저 아저씨, 무지 무서워. 그런데 왜 다시 오는 걸까?"

섭섭의 목소리에 두려움이 가득 묻어났다. 방금 전까지 넉살 좋게 웃어 보이더니.

"섭섭아, 그럼 또 올게."

집 안으로 들어가기엔 이미 늦은 것 같았다. 필순은 얼른 장작더미 뒤로 몸을 숨겼다. 저벅저벅 우물 가까이 온 그림자는 정원사가 맞았다. 그러나 순찰을 돌고 있는 건지, 섭섭에게 가는 건지 알 수가 없었다.

정원사가 우물에서 두레박으로 퍼 올린 물을 꿀꺽꿀꺽 마시고는 입을 쓱 닦더니 창고를 향해 천천히 걸음을 옮겼다.

'섭섭이한테 가는 건가? 왜?'

어둠 속의 정원사는 낮에 본 모습과는 달랐다. 필순은 문득 정원사 아저씨가 무섭다는 섭섭의 말이 귀에 쟁쟁했다.

'맞아서 그렇겠지. 그토록 무자비하게 때렸는데 왜 안 무섭겠어.'

필순은 혼자서 묻고 답하며 숨을 죽였다. 이윽고 정원사가 창고 빗장을 열고 안으로 들어갔다. 필순은 이 틈에 얼른 집 안으로 들어가야겠다는 생각이 들면서도 왠지 마음 한구석이 불안했다.

'조금만 더 있다가 정원사가 가면 갈까? 아냐, 그러다 들키면 큰일이지……. 그런데 이 밤에 왜 왔을까? 낮에 그렇게 두들겨 팼으면서, 성에 안 찼나? 아…… 섭섭이 어떡해…….'

짧은 순간, 많은 생각이 지나갔다. 결국 필순은 조금만 더 있다가 정원사가 돌아갈 때를 기다리기로 했다.

창고 안에서 웅얼웅얼 말소리가 들리더니 섭섭의 공포에 찬 비명이 들려왔다.

"아악!"

또 때리는 건가? 필순은 두 주먹을 쥐고 부르르 떨었다. 그런데 이상한 생각이 들었다.

'이 밤에 마님이 따로 지시한 것도 아닐 텐데, 왜 또 때리지?'

"바카야로!"

정원사의 목소리가 울려 나왔다.

"안 돼!"

곧이어 섭섭의 목소리가 찢어질 듯 들려왔다. 순간 필순의 머릿속이 번쩍하며 번개가 치고, 설마 하던 장면이 눈앞에 그려졌다.

'이 나쁜 놈!'

겁탈! 정원사가 섭섭에게 몹쓸 짓을 하려는 게 분명하다. 다급해진 필순은 창고 옆에 쌓여 있는 장작 하나를 집어 부엌 창문을 향해 힘껏 던졌다. 그러나 장작개비는 창문까지 닿지도 못하고 떨어졌다. 얼른 다시 하나를 집어 들었다.

'아…… 제발!'

필순은 분노로 차오른 눈물 때문에 앞이 보이지 않았지만, 젖먹던 힘을 다해 다시 장작개비를 내던졌다.

쨍그랑.

한밤중 유리창 깨지는 소리가 저택을 흔들었다. 곧 본채에 불이 켜졌고, 필순은 별채 쪽 정원으로 달렸다. 그때 턱, 뭔가 발에 걸려 넘어졌다. 두레박이었다. 필순은 일어나 되도록 나무 밑으로만 달렸다.

정원사가 바지를 추스르며 창고에서 뛰어나왔다. 급히 부엌 벽을 따라 달려가는 정원사를 보고, 필순은 별채 현관문을 열고 재빨리 들어왔다.

'나쁜 놈. 쪽발이 새끼!'

필순은 벽에 등을 대고 스르르 무너져 내렸다.

'섭섭이는 어찌 되었을까?'

눈물이 났다. 울고 싶지 않은데, 억울해서 지질하게 울고 싶지 않은데 눈물이 나왔다.

유코 할머니는 세상모르고 자고 있는데, 본채 쪽은 난리가 났다. 꺼졌던 불들이 모두 켜지고, 마룻바닥이 쿵쾅거리는 소리와 주인의 고함 소리가 뒤섞였다. 한밤중에 본채의 유리창이 깨졌으니 난리가 날 만도 했다. 경무국장을 노리는 자객이 들었다고 생각했을 것이다. 곧 누군가 장작개비를 던져 유리창이 깨진 걸 알게 될 것이고, 범인을 잡기 위해 온 집 안을 뒤질 것이다.

필순은 혹시 몰라 자기 방으로 들어가지 않고 유코 할머니 방으로 와서 할머니를 흔들어 깨웠다. 무심하게도 할머니는 깨지 않았다. 이윽고 별채 가까이에서 발소리가 났다.

'이리로 들어오면 어쩌지?'

가슴이 벌렁댔다. 가슴을 쓸어내리고 있는데, 별채 현관문 열리는 소리가 들렸다. 필순은 유코 할머니를 꼭 껴안고 잠든 척했다. 이내 방문이 열리고 불이 켜졌다.

"할머니는 주무시는군. 얘, 너 왜 여기서 자?"

찬모 아주머니가 필순을 흔들어 깨웠다. 필순이 잠에서 깬 척 눈을 비비며 일어났다. 정원사도 함께 있었다.

"웬일이세요? 어머, 내 정신 좀 봐, 할머니 재워 드리다가 깜박 잠이 들었네."

필순은 되도록 태연하게 말하려고 애썼다.

"언제부터 잠든 거야?"

"한 시간쯤 되었을 텐데, 왜요? 뭐 시키실 일이라도……."

찬모 아주머니가 방을 빙 둘러보더니 이맛살을 찌푸렸다. 눈길이 박힌 곳을 보니 바닥에 감자 부스러기가 있었다. 치운다고 치웠는데 딴생각에 빠져 깔끔하게 치우지 못한 탓이다. 필순이 허둥대며 방바닥에 말라붙은 감자를 손톱으로 긁었다. 다행이었다. 찬모 아주머니를 계속 마주 보고 있으면 거짓말이 들통날지도 몰랐다.

"너, 밖에 나갔었지?"

느닷없이 정원사가 물었다. 순간 필순은 온몸의 솜털이 곤두서는 듯했다. 알고 묻는 것인지, 그냥 넘겨짚는 것인지 손끝이 떨렸다. 들킬까 봐 슬며시 치마 뒤로 손을 감췄다.

"아뇨. 아까 아주머니가 주신 감자를 가지고 온 뒤론 안 나갔는데요. 할머니가 잠시도 놔주질 않고, 노래를 부르라고 떼를 쓰셔서……."

필순이 말끝을 흐리자 정원사의 눈이 희번덕거렸다. 제 깐에는 짐작이 가는 게 있는 모양이다. 하필 딱 그 순간이었으니까.

"치마는 왜 젖었지?"

정원사가 필순의 치맛자락을 가리키며 물었다. 아차, 아까 두레박이 넘어지면서 치마 아랫단이 젖었나 보다. 필순은 눈앞이 깜깜해지고, 이마에선 식은땀이 났다.

"아, 이건……."

그때였다. 유코 할머니가 깨어났다. 말소리에 잠이 깬 모양이다. 두 사람을 본 할머니가 눈썹을 치켜뜨며 달려들었다.

"나가! 나가, 이 나쁜 년아! 우리 이시무라 내놔!"

유코 할머니가 찬모 아주머니에게 소리를 질렀다. 며느리인 안주인을 대할 때마다 드러내던 행동이었다. 아마도 유카타(여자들이 집 안에서 가볍게 입는 일본 옷)를 입은 찬모 아주머니가 안주인과 비슷해 보여서 혼동을 일으킨 모양이다.

"할머니, 괜찮아요. 진정하세요."

필순이 능숙하게 유코 할머니를 보듬고 다독이자 조금 수그러들었다. 뒷걸음치던 찬모 아주머니와 정원사가 놀란 눈으로 서로를 쳐다보더니 방을 나갔다.

한참이 지나 모든 것이 잠잠해진 뒤 자리에 누웠지만 필순은 쉬이 잠이 오지 않았다. 두서없이 떠오르는 생각이 콩나물처럼 쑥쑥 자라났다.

'섭섭이는 얼마나 두려울까? 그놈이 이대로 포기할까? 마님은 얼마나 더 벌을 주고 나서야 섭섭이를 풀어 줄까? 정원사의 소행을 마님께 일러바칠까? 아냐. 그러면 유리창을 깬 범인이 밝혀지고, 거짓말을 한 죄로 혼날지 몰라. 가만, 정원사는 마님이 데려온 사람인데, 혹시 마님도 알고 있을까…….'

그 생각이 들자 온몸에 소름이 돋았다.

도망

필순은 다른 날보다 일찍 유코 할머니 아침밥을 가지러 갔다. 섭섭이 없으니 찬모 아주머니도 일손이 모자랄 것 같아 거들어 주면서 분위기를 살필 생각이었다. 예상대로 찬모 아주머니가 혼자서 정신없이 아침 준비를 하고 있었다.

“아직 준비가 안 됐는데 벌써 왔어?”

“바쁘실 것 같아 도와 드리려고요.”

필순이 소매를 걷어붙이자 찬모 아주머니의 입가에 옅은 미소가 지나갔다.

“그래? 그럼 거기 무 좀 썰어. 주인님이 요즘 소화가 안 되신다니 뭇국 좀 끓여야겠어.”

필순은 도마 위에 놓인 무를 나박나박 썰면서 창문을 힐끗 곁눈질했다. 그릇을 엎어 놓은 시렁 뒤편에 깨진 창문이 보였다. 유리 파편이 보이지 않는 것이 찬모 아주머니가 치운 모양이었다.

필순은 깜짝 놀란 척했다.

"어머나, 창문이 깨졌네요?"

필순의 말에 찬모 아주머니가 돌아보았다. 표정으로 보아 필순을 의심하는 것 같진 않았다.

"어젯밤에 누가 장작개비를 던져서 깨뜨렸어. 장난을 친 건지, 뭘 노리고 그런 건지. 도둑이 든 것 같진 않은데."

찬모 아주머니는 어젯밤과 다르게 심드렁하게 말했다.

"아, 그래서 어제 별채에 오셨던 거예요?"

"주인님께서 샅샅이 뒤져 찾으라고 해서 조사한 거야. 난 네가 그럴 리 없다고 했지만 정원사가 자꾸 가 보자고 해서."

"정원사 아저씨가 절 의심했다고요? 제가 왜 창문을 깨요?"

"그러니까 말이야. 근데 정원사가 얼핏 별채 쪽에서 누군가 움직이는 걸 봤다고 해서 말야."

그 말에 필순은 시침을 뚝 떼며 한숨을 내쉬었다.

"그럼 별채까지 노린 거예요? 대체 누가, 왜 그런 걸까요?"

"낸들 알겠어?"

"도대체 정원사 아저씨는 그때 뭘 하고 있었기에 그 야단이 나는 것도 모르고 있었대요?"

필순이 필요 이상으로 화를 내자 찬모 아주머니가 필순을 보며 빙그레 웃었다. 이 집을 걱정해 주는 마음이 기특하다는 듯이.

"근데 섭섭이는 언제 나와요? 아주머니 혼자 부엌일을 하려면 바쁘실 텐데요. 아직 마님 화가 안 풀리셨겠죠?"

그 말에 찬모 아주머니가 눈을 치뜨고 필순을 앵돌아 보았다.

"그년은 이제 필요 없어. 이 집에서 나가게 될 거야. 다른 것도 아니고 마님이 애지중지하는 물건에 함부로 손을 댔으니 죽지 않는 것만도 다행이지. 버르장머리 없는 것, 어디서 감히!"

찬모 아주머니가 씩씩거리며 안주인처럼 화를 냈다. 필순은 어이가 없었다. 주인의 물건을 몰래 만진 건 잘못이지만 그게 어디 죽을 만큼 잘못한 일인가. 만약에 섭섭이 일본인이었어도 저렇게 말했을까?

"그럼 섭섭이는 어디로 가는 거예요?"

"중국으로 보내 버린대."

"중국요?"

필순은 뜻밖의 말에 너무 놀라 큰 소리로 물었다. 자신이 잘못 들었나 싶었다.

"왜 여공 모집하잖아. 요번에 모집한 애들 중국으로 보낼 때 같이 보낼 거라더라. 거기 부대에 가서 잘못을 뉘우칠 기회를 주겠다는 거지."

"부대요? 공장이 아니고요?"

"뭐? 아…… 됐어. 넌 몰라도 돼. 어서 일이나 해!"

찬모 아주머니가 오늘따라 뭔 말이 그리 많냐는 표정으로 필순을 째려보았다. 필순은 찬모 아주머니가 하는 말이 무슨 말인지 도통 이해가 되지 않았다.

'여자인 섭섭이한테 군대에 가서 싸우라는 건가? 너무한 거 아

냐?'

"근데 어, 언제 가요?"

"일행이 사나흘 뒤에 경성에 도착할 거라던데."

"사나흘 뒤요?"

필순의 목소리가 이상했는지, 찬모 아주머니가 흘낏 쳐다봤다.

"너도 그렇게 되지 않으려면 딴짓할 생각 말고, 일이나 잘해."

필순은 얼른 도마 위로 눈을 내리깔았다. 저도 모르게 목소리가 떨려 나왔던 것이 혹여 의심을 살까 두려웠다.

"아얏!"

하얀 무 위로 붉은 피가 뚝뚝 떨어졌다. 너무 놀라서 허둥대다 그만 손을 베이고 말았다. 깊이 베였는지 꽉 잡고 눌러도 피가 멈추질 않았다.

"이런 칠칠치 못한 것 같으니! 주인님께 드릴 음식에 불경스럽게, 쯧쯧."

찬모 아주머니가 피 묻은 무를 골라 버리면서 혀를 끌끌 찼다.

"하여간 둔하고 어리석은 너희 조센징들은 꼭 티를 낸다니까."

순간 필순은 발에서부터인지, 가슴에서부터인지, 아니면 눈에서부터인지 뜨거운 무언가가 온몸에 소용돌이를 치며 솟아오르는 것을 느꼈다. 그것을 분노라고만 부르기에는 너무 거대하고 깊었다.

'손가락을 베인 것이 뭐 대수라고 또 조센징 타령이야. 조센징이든 일본인이든 누구나 할 수 있는 실수지.'

그러나 당장 필순이 할 수 있는 일이란 이를 악물고 지금의 수모를 견뎌 내는 일뿐이었다. 앞으로 있을 거사를 위해.

"죄송해요. 다시는 이런 일이 없도록 조심할게요."

특별한 하루였다. 필순은 유코 할머니의 시중을 드는 시간 말고는 온종일 바깥일을 도왔다. 별채와 본채를 오가며 필순이 해낸 일은 만만찮았다. 섭섭의 공백을 메우려는 것처럼 보이기 위해 섭섭이 하던 일을 찾아 했다. 필순은 섭섭이 그랬듯이, 양동이에 물을 퍼 와 정원 한가운데 생뚱맞게 서 있는 석등에 낀 이끼를 닦아 냈다. 잡초도 뽑고, 나무와 나무 사이에 걸린 거미줄도 걷었다. 그런 필순의 행동을 이상하게 보는 사람은 없는 듯했다. 오히려 찬모 아주머니는 필순을 흡족하게 바라보며 칭찬했다.

"그래, 그래야 이쁨을 받지."

어떻게든 이곳에서 섭섭을 구해 내야 한다. 필순은 섭섭이 빠져나갈 통로를 찾기 위해 꼼꼼히 살폈다. 그래서 일부러 정원 일을 찾아서 했다. 아무래도 대문으로 도망치는 건 불가능하고, 정원 담장을 넘어야 하는데, 담장은 생각보다 높았다. 필순의 키보다 두 배는 족히 돼 보였다. 게다가 돌 사이에 시멘트를 발라 담장 어디에도 구멍 하나 보이지 않았다.

정원사는 일하는 척하면서 자꾸 필순의 주변을 맴돌았다. 거미줄에 걸려들 먹잇감을 호시탐탐 노리고 있는 거미처럼 필순을 감시했다.

'저 애가 장작개비를 던졌을 거야. 분명 그랬어. 혹시 그년이 다시 자기 옆으로 돌아올 수 있을 거라고 생각하는 건가? 어림없는 소리야. 암, 어림없고말고.'

정원사의 눈은 필순의 일거수일투족을 지켜보았다. 필순도 그런 정원사에게 자신이 그를 의식하고 있다는 걸 내비쳤다.

"아저씨, 저기 담장 기왓장이 하나 빠졌는데요."

"알고 있어. 곧 수리할 거야."

"아저씬 나리가 귀가를 하셔야 일이 끝나니 힘드시겠어요. 나랏일을 하시는 분이라 늘 늦으시지요?"

필순은 정원사가 몇 시쯤에나 잠드는지 알아보려고 떠보았다.

"우리 주인님처럼 높으신 분은 늦게까지 일 안 해. 아랫사람들이나 그렇지."

정원사는 필순이 살갑게 말을 건네니까 퉁명스럽게나마 대답을 했다.

"아, 그럼 아저씨도 일찍 주무시겠군요. 난 또 주인님 모시느라 힘드신 줄 알고. 가끔 별채 불을 오래 켜 놓아서 죄송해요. 아저씨도 주무셔야 할 텐데, 이따금 할머니가 고집을 부리면 저도 감당이 안 돼요. 그니까 별채는 따로 신경 쓰지 않으셔도 될 거예요."

"상관없어. 나도 열 시 전에는 자니까. 새벽에 주인님 모시고 산책을 가야 해서."

'열 시 전에는 잔다고? 그럼 그 이후에……'

그러나 필순은 난감했다. 어떻게 이 감옥 같은 곳을 빠져나갈 것인가. 아무리 둘러봐도 틈이 보이지 않았다.

낮에 한바탕 소나기가 퍼부은 뒤라 공기가 맑았다. 오늘따라 유난히 붉게 피어오른 노을이 나뭇가지 사이로 선연히 흐르는 것이 무척 아름다웠다. 필순의 애타는 마음 따윈 아랑곳없이 저물어 가는 하늘은 해를 삼키듯 뚝딱 하루를 삼켜 버렸다. 필순은 하늘을 원망스럽게 바라보았다. 그 순간 필순의 눈이 반짝 빛났다.

'나무!'

필순은 정원에서 가장 키가 큰 나무 아래서 노을을 바라보고 있었다. 언젠가 섭섭이 '태산목'이라고 가르쳐 주었던 나무였다. 높이가 이 층과 맞먹었다. 태산목은 키만큼이나 품 또한 넓어서 가지가 담장까지 뻗어 있었다. 처음 이 저택에 왔을 때 담장 너머에서 빼꼼 내다보던 그 나무였다.

'그래 저거야! 저 나무로 올라가면 담을 넘을 수 있겠어!'

필순은 나뭇가지들을 유심히 쳐다보았다. 첫 가지가 좀 높아 보였지만 어떻게든 오르기만 하면 다음은 문제없어 보였다. 담장과 맞닿은 가지를 눈에 담아 두었다. 들키지만 않는다면 충분히 담을 넘을 수 있을 터였다. 다만 섭섭이 아픈 몸으로 나무를 오를 수 있을지가 문제였다.

정원사가 이상하게 여길까 봐 필순이 서쪽 하늘을 가리키며 말했다.

"노을이 참 예쁘네요."

필순의 말에 정원사는 하늘을 한번 쓱 올려다보고는 아무 말

없이 대문 쪽으로 발길을 돌렸다.

섭섭은 지금 무슨 생각을 하고 있을까? 아마도 며칠 벌을 받다가 풀려날 거라고 믿고 있을 것이다. 멀리 중국으로 보내질 거라는 사실은 까마득히 모른 채 어설픈 희망을 품고 있을 것이다. 어서 이 사실을 알려 줘야 하는데, 섭섭에게 갈 만한 구실이 없었다. 게다가 창고는 정원사가 드다니는 길목에 있었다.

저녁을 먹고 나서 필순은 유코 할머니와 시간을 보냈다. 노래도 많이 불러 주었다. 마음이 착잡하다 보니 부르는 노래마다 구슬펐다. 필순의 노래를 듣는 유코 할머니의 눈이 그렁그렁했다.

"할머니도 슬프군요. 저도 슬퍼요. 동무하고 헤어져야 하거든요. 보내고 싶지 않지만 보내야만 해요."

유코 할머니가 필순의 말을 알아듣기라도 한 것처럼 고개를 끄덕였다. 그러고는 노래를 흥얼거렸다. 잔잔하고 느린 가락, 역시 슬픈 곡조였다. 유코 할머니는 한 손은 가슴께에, 다른 한 손은 배 아래쪽에 두고 손가락을 까닥거리며 악기를 연주하는 시늉을 했다. 아마도 잘나가던 게이샤 시절이 떠오른 모양이었다.

필순은 유코 할머니 손을 꼭 감싸 쥐었다. 가끔은 달려들어 필순의 머리채를 쥐어뜯어 놓곤 했지만 고운 손이었다. 필순은 유코 할머니와 노래를 주거니 받거니 하면서 시간을 보냈다.

정원사가 잠드는 열 시가 되려면 아직 시간이 남았다. 유코 할머니는 조금 전 잠이 들었다. 시간이 천 년처럼 흘러갔다. 대문 옆에 딸린 정원사의 방 불이 마침내 꺼졌다. 필순은 낮에 섭섭의 방에 잠깐 들러 옷가지를 챙겨 나왔다. 입성이 후줄근하면 사람들 눈에 이상하게 보일 수 있다. 필순은 옷 보따리를 안고 천천히 일어났다.

'괜찮아, 잘될 거야.'

필순은 심호흡을 크게 하고 나서 스스로에게 주문을 걸었다. 두렵고 무서웠지만 섭섭을 구하자면 용기를 내야 했다.

여덟 살에 아버지가 권번에 팔아 버렸다는 아이, 권번에서도 쫓겨나 일본인 집에서 식모살이를 해야 했던 아이, 안주인에게 회초리를 맞으면서도 울지 않던 아이, 겁도 없이 안주인의 유성기를 틀어 놓고 춤을 추며 노래하던 아이, 신식 가요를 멋들어지게 부르던 아이, 그 이유만으로도 충분히 도와야 할 아이다. 더구나 섭섭은 필순이 낯선 경성에 와 처음으로 마음을 나눈 동무다. 동무가 불행의 나락으로 빠질 걸 알면서도 모른 체할 순 없다.

필순은 거실과 방의 불을 모두 켜 놓은 채 별채를 나섰다. 밖에서 볼 때 안에 있는 것처럼 보이기 위해서였다. 본채는 이미 불이 꺼졌다.

발소리를 최대한 죽이며 창고로 갔다. 반달이라 그리 밝지 않아서 다행이었다. 필순은 빗장을 천천히 뺐다. 삐익 소리에 놀라 한순간 진땀이 났다. 안에서는 아무런 기척이 없었다.

컴컴한 창고 안에 섭섭이 웅크려 앉아 있는 모습이 희미하게 보였다. 왈칵 눈물이 났다.

"섭섭아!"

"필순아!"

섭섭이 와락 필순에게 안겨 왔다. 몸을 떨고 있었다. 필순은 섭섭을 꼭 부둥켜안았다.

"난 또 그놈이 온 줄 알았지 뭐야."

섭섭이 울음 섞인 목소리로 말했다.

"몰래 오느라 기척을 낼 수가 없었어. 섭섭아, 얼른 여기서 도망쳐야 해."

"뭐? 내일쯤 마님이 풀어 주지 않을까?"

"아니야. 사나흘 뒤에 넌 아주 멀리 중국으로 보내질 거래."

"중국? 지금 무슨 소릴 하는 거야?"

섭섭은 영문을 모르겠다는 듯 필순을 쳐다보았다.

"찬모 아주머니가 그러는데, 마님이 화가 많이 나서 다시는 널 보고 싶지 않다고 했대. 그래서 중국으로 보내 버린대. 마침 여공으로 갈 일행이 경성으로 오는데, 그때 너도 함께……. 여하튼 시간이 없어. 오늘 밤에 여기를 빠져나가야 해."

"정말이야? 그래서 정원사 놈이 그랬구나!"

"어젯밤엔 별일 없었던 거지?"

"응. 그거 너였지? 유리창 깬 거……. 네가 날 살렸어."

"네 비명 소릴 듣고 마음이 급해서 장작개비를 던졌어. 창문 깨지는 소리에 사람들이 깨어나면 그놈이 도망칠 것 같아서."

"그놈이 날 덮치려 할 때, 내가 마님께 이르겠다고 소릴 쳤더니 웃더라고."

"그놈도 알고 있었던 거야. 마님에게 들었겠지. 그래서……."

어두워 표정은 보이지 않았지만 섭섭의 절망에 찬 얼굴이 느껴지는 듯했다. 상전으로 모신 시간이 얼마인데 그렇게 냉정하게 내쳐졌다는 사실을 쉬이 받아들이기는 힘들 것이다.

"근데, 어디로 도망가? 이 집은 어디에도 출구가 없어. 대문이 아니고서는 나갈 구멍이 없단 말이야."

섭섭이 풀이 죽어 말했다.

"오늘 낮에 봐 둔 곳이 있어. 그곳으로 나갈 수 있을 것 같아. 너도 잘 아는 거야, 태산목! 그 나무를 타고 올라가서 담을 넘으면 돼. 어서 빨리 옷 갈아입어!"

"아, 태산목!"

필순의 말에 섭섭의 목소리가 밝아졌다. 섭섭은 필순이 내민 보따리에서 옷을 꺼내 갈아입고 창고 밖으로 나갔다. 둘은 살금살금 어둠을 헤치며 정원 깊숙이 들어갔다. 태산목은 대문에서 떨어져 있어서 천만다행이었다.

밤중에 보니 태산목 아래는 완벽하게 깜깜했다. 소리만 내지 않는다면 무사히 빠져나갈 수 있을 것이다.

"좀 높긴 하지만 가지만 잘 타고 넘으면 돼. 그리고 담을 넘으면 앞만 보고 도망쳐. 여기에서 되도록 멀리."

필순이 울음 섞인 목소리로 속삭였다.

"뭐? 나 혼자 가라고? 너는 같이 안 가?"

갑자기 섭섭이 큰 소리로 물었다.

"쉿! 조용히 해."

필순이 얼른 섭섭의 입을 손으로 막고 정원사 숙소 쪽을 바라보았다. 다행히 아무 기척이 없었다.

"빨리 가. 여기 있다간 큰일 난다고!"

"그럼 넌? 내가 도망가면 넌 무사할 것 같아?"

"모른다고 잡아떼야지."

"필순아, 잘 들어. 내가 담장을 넘어 도망갔다고 치자. 그럼 창고 빗장은 누가 열어 줬다고 생각하겠어? 이 집에서 날 도와줄 사람이 같은 조선인인 너밖에 더 있어?"

거기까진 생각하지 않았다. 저번처럼 시치미 떼고 있으면 넘어갈 수도 있지 않을까. 그런데 섭섭의 말을 듣고 보니 그건 불가능해 보였다. 그렇지만 이것저것 따져 볼 시간이 없었다.

'어떻게 해야 하나…….'

필순은 머리가 복잡해졌다. 이런 순간이 올 거라고 생각하지 않아서 아무런 준비도 하지 않았다.

"거기까진 미처 생각 못 했어."

필순이 머뭇거리자 섭섭이 제 가슴을 쳤다.

"마님은 너도 가차 없이 버릴 거야. 필순아, 같이 가자. 응?"

섭섭의 말이 맞을지도 몰랐다. 그런데도 뭔가 발목을 붙드는 것이 있었다.

"유코 할머니……."

"뭐? 유코 할머니도 어차피 이 집 사람이야. 일본인이라고!"

아무리 그래도 인사도 없이 가 버리면 아침에 깨어나서 슬퍼하지 않을까 생각하니 마음이 심란했다. 처음엔 흔들의자에만 멍하니 앉아 있었지만, 이제 유코 할머니는 필순이만 졸졸 따라다녔다. 매일 머리도 곱게 빗겨 주고, 옷도 갈아입혀 주고, 밥도 떠먹여 주었는데 내일부턴 누가 해 줄까? 고집을 피우다가도 필순이 노래를 불러 주면 온순해지곤 했는데……. 함께 나눈 시간이 얼만데…….

필순은 별채를 바라보았다. 불이 켜진 거실 창문에서 유코 할머니가 흔들의자에 앉아 이쪽을 바라보고 있는 것만 같았다. 필순은 코끝이 찡해졌다.

"필순아! 제발 같이 가자, 응?"

마음이 아프지만 결정을 해야 했다.

"그래, 가자."

필순이 손등으로 눈물을 쓱 닦았다. 섭섭이 필순의 등을 토닥여 주었다.

"너 먼저 올라가."

필순이 섭섭의 등을 밀며 말했다. 섭섭이 발을 힘껏 굴렀지만 손은 가지에 닿지 않았다. 두 번, 세 번 뛰어올랐지만 닿을 듯 말 듯 가지는 잡히지 않았다.

"안 되겠다. 필순이 네가 먼저 올라가. 넌 키가 크니까 닿을 거야."

필순이 머뭇거리자 섭섭이 나무라듯 다그쳤다.

"어서 올라가. 이러다 날 새겠다. 네가 먼저 올라가서 내 손을 잡아 주면 되잖아."

필순은 다리를 접었다 펴며 힘껏 뛰어올랐다. 막 가지를 붙잡은 순간이었다.

야아옹!

고양이 한 마리가 담장을 타고 빠르게 달아났다. 그 바람에 필순이 깜짝 놀라 바동거리다 바닥에 나동그라졌다.

"아얏!"

일어서려는데 발목을 삐었는지 아팠다. 그러나 지체할 시간이 없었다. 필순이 섭섭의 손을 붙잡고 일어섰다.

"많이 아파?"

섭섭이 걱정스러운 목소리로 물었다.

"괜찮아."

다시 뛰어올라 간신히 가지를 붙들었다. 붙들긴 했지만 아픈 발 때문에 둥치를 오를 수가 없어 반대쪽 다리를 힘껏 차올려 가지를 감았다.

"휴, 됐다."

필순이 가지 위에서 섭섭을 잡아 끌어올렸다. 섭섭도 낑낑대며 간신히 가지 위로 올라왔다. 담장 위에 올라와 내려다보니 밖으로 뛰어내리는 일도 만만찮아 보였다.

"조심해. 나처럼 발목 삐지 말고."

필순이 섭섭에게 귓속말로 당부했다. 다행히 섭섭은 무사히 담장을 뛰어내렸다. 그러더니 얼른 담장에 붙어 서서 제 어깨를 톡 톡 쳤다. 밟고 내려오라는 뜻이었다. 필순은 섭섭의 어깨를 살짝 밟고 아프지 않은 발로 뛰어내렸다. 엉덩방아를 찧긴 했지만 그쯤은 참을 수 있었다.

둘은 담 쪽으로 붙어 걸었다. 금방이라도 누가 뒤에서 목덜미를 잡아챌 것 같아 두려웠지만 뛰면 의심을 받을 것 같았다. 길이 넓어지자 이따금 일본인들이 지나갔다. 늦은 시간인데 행인들이 가끔 있었다. 일본인 거주 지역이라 그런지 조선인은 보이지 않았다.

"일단 조선 사람들이 사는 동네로 가자. 거기가 숨어 있기에 더 수월할 거야. 저쪽 길 끝에서 오른쪽으로 쭉 가면 돼. 전에 가 본 적이 있어."

섭섭이 심부름으로 몇 번 나온 적이 있어서 눈에 익은 길이었다. 그러나 필순은 저택으로 들어간 이후 처음으로 밖에 나왔다. 베레모를 따라 처음 경성에 왔을 때는 놀랍고 경이로운 경성 모습에 눈길을 빼앗겼었다. 그러나 지금은 상황이 정반대다. 정처 없이 도망치는 신세가 되었다.

길을 가다 어느 상점의 전등불이 꺼지는 바람에 깜짝 놀랐다. 누군가 길을 막아서는 것 같았다. 그런가 하면 어느 집 앞을 지날 땐 개가 어찌나 짖어 대는지 한참을 구석에 숨어 있어야 했다. 필순과 섭섭은 되도록 어두운 길을 골라 걸었다. 저만치 사람이 보이면 숨어 있다가 지나가면 다시 걸었다.

상점이 모여 있는 길을 지날 때였다. 술에 취한 남자 몇이 비틀거리며 왁자지껄 걸어오고 있었다. 필순과 섭섭은 재빨리 오던 길로 돌아서 모퉁이에 숨었다. 자전거 몇 대가 세워져 있어서 자세히 보지 않으면 보이지 않을 자리였다.

"으…… 취한다. 어디 가서 딱 한 잔만 더 하자."

"예쁜 여자들 있는 곳으로 찾아보자."

"좋아, 가자."

술 냄새가 그곳까지 풍겼다. 둘은 꼭 끌어안았다. 필순이 아픈 발을 살짝 펴는데 자전거가 밀려 넘어졌다. 취객 가운데 한 사람이 기척을 느꼈는지 두리번거렸다. 심장이 쿵쾅쿵쾅 뛰는 소리가 서로에게 느껴졌다. 이대로 조금만 더 있다가는 정말이지 심장이 터져 버릴 것만 같았다. 다행히 취객들은 자전거 앞을 무심히 지나갔다.

"휴, 너 심장 터지겠다."

섭섭이 필순의 귀에 대고 속삭였다.

"너도!"

둘은 서로 쳐다보며 피식 웃었다. 웃음이 나올 상황이 아닌데도 실없이 웃음이 나왔다. 취객들이 다른 길로 꺾어든 걸 보고서야 구석에서 나왔다. 발목 때문인지 필순의 다리가 휘청했다.

"괜찮아?"

필순을 붙잡으며 섭섭이 걱정스레 물었다.

"이 정도쯤이야. 우리 고향에서는 흔히 있는 일이야. 논둑길을 달리다 고무신에서 발이 미끄러지면 종종 삐곤 했어. 곧 괜찮아

질 거야.”

필순은 섭섭이 걱정할까 봐 아무렇지 않은 척했지만 발목이 욱신거려 발을 내디딜 때마다 몸이 움찔거렸다.

“그나저나 누가 쫓아오는 기색은 없는 것 같지?”

섭섭이 고개를 쑥 빼고 지나온 길을 돌아보았다. 정원사가 중간에 깨지만 않는다면 도망친 것이 아침에나 발각될 것이다. 그런데 만약 유코 할머니가 중간에 깨어 필순을 찾는 일이 벌어진다면?

“유코 할머니가 아침까지 푹 주무셔야 할 텐데…….”

필순이 걱정이 되어 말했다.

“왜? 할머니가 자다가 자주 깨셔?”

“자주 그런 건 아니지만, 가끔씩은…….”

“아, 제발…… 필순이의 마음을 봐서라도 깨시지 말기를. 내가 보건데 너처럼 진심을 다해 유코 할머니를 돌본 사람은 없었어. 그러니까 유코 할머니도 고마워서 안 깨실 거야.”

“치, 그런 게 어딨어? 그나저나 우리 이제 어떡하지? 난 이제 집으로 갈 수도 없어. 날 잡으러 고향 집에도 찾아갈 테니까. 가족들한테 해코지하진 않겠지?”

필순은 문득 가족들이 걱정되었다.

“그 생각이 이제야 드는 모양이네. 처음 이 일을 계획할 땐 전혀 생각을 못 했지? 영리한 것 같으면서도 어떤 땐 굉장히 미련하단 말이야.”

“뭐야? 이게 다 너를 구해야 된다는 생각 하나로…….”

"알아! 너 정말 용감해. 너니까 이 엄청난 일을 벌일 수 있었지. 봉필순 만세!"

필순이 눈을 치켜뜨며 꼬집으려 하자 섭섭이 장난스럽게 두 손을 내저었다.

두 사람이 서 있는 길 뒤쪽에는 높고 낮은 건물들이 즐비한 상가였고, 앞쪽으로는 대체로 초가지붕이 만들어 낸 수평적인 어둠이 드리워져 있었다. 일본인 동네와 어느 정도 거리가 멀어졌다고 생각했는지 섭섭이 여유를 보였다.

"필순아, 너 경성에 친척이나 아는 사람 있어?"

"없어. 경성에 아는 사람은 너뿐이야."

"내가 권번에 있을 때 나한테 잘해 준 언니가 있었는데, 그 언니가 권번을 나와 어떤 극단에 들어갔다는 소문을 들었어. 이럴 때 찾아가면 좋을 텐데 어딘 줄 알아야 말이지. 후유, 그러고 보니 나도 너밖에 없네."

필순은 혹시 섭섭이 아는 곳이라도 있을까 내심 기대했다가 이내 김이 빠졌다. 그때 동순 언니가 퍼뜩 떠올랐다.

"흥남은 경성에서 얼마나 멀어?"

"흥남은 왜? 꽤 먼 곳인데."

"우리 동순 언니가 흥남에 있는 공장에 여공으로 갔거든."

"설마 거기로 가자고? 가다 붙잡힐지도 모르는데?"

"하긴. 여기까지 오는 것도 얼마나 심장이 벌렁거렸는데……."

배 속에서 꼬르륵 소리가 났다. 필순은 얼른 배를 움켜잡았다.

눈치 없는 배는 쉴 새 없이 꼬르륵댔다. 생각해 보니 저녁을 먹지 못했다. 섭섭을 구해야 한다는 생각에 저녁 먹는 것도 잊었다. 그때 섭섭의 배에서도 꼬르륵 소리가 났다.

"별걸 다 시샘하네."

둘은 서로 마주 보고 웃고 말았다.

"필순아, 내가 배 안 고프게 해 줄까?"

"어떻게?"

섭섭이 두 손을 맞잡고 턱 아래 받치더니 익살스러운 표정을 지은 뒤 뒷걸음을 치며 모기 소리로 노래를 불렀다.

가실 길 왜 오셨담 가실 길 왜 오셨담
울리고 가실 길을 어이 오셨담
숫보기 가슴에다 불을 지르고
울리고 가실 길을 어이 오셨담

안 가곤 안 될 사정 안 가곤 안 될 사정
어쩌면 고렇게도 빽빽하시담
몸은야 가지만은 마음도 간담
언제나 이 한 몸은 당신 것이오.

〈올팡갈팡〉이라는 노래였다. 필순이 섭섭의 익살에 배를 잡고 웃었다. 가락이 흥겨워서 필순의 어깨가 절로 들썩였다. 그 뒤로도 섭섭이 몇 곡을 더 불렀다. 주로 빠르고 경쾌한 곡이었다. 어느새 배고픔은 사라지고 없었다.

밤하늘의 별들도 둘의 노랫소리에 귀를 기울이는지 초롱초롱 빛나고 있었다.

꼬끼오.

어디선가 수탉이 기운차게 홰치는 소리가 들렸다. 그 소리에 필순과 섭섭은 정신이 퍼뜩 들었다. 주위를 둘러보니 하늘이 푸르스름 열리고 어둠에 묻혔던 풍경도 서서히 허물을 벗듯 어둠을 벗어 내고 있었다.

"여긴 어디일까?"

부지런한 집 창호문에선 벌써 기침을 했는지 따스한 불빛이 흘러나왔다.

길은 길로 이어져 꺾어 들고 휘어지기를 몇 번이나 했는지 기억도 나지 않았다. 지친 다리를 질질 끌며 본능적으로 걸었을 뿐이다. 다리는 걸으라고 몸에 붙어 있다는 듯 둘은 졸음과 싸우면서 쉼 없이 걸었다.

"아직 더 가야겠네. 여긴 제법 큰 기와집들이 많아서 일본 순사들이 자주 드나들 것 같아. 우리, 경성 끄트머리로 가자."

섭섭이 주변을 둘러보더니 제법 아는 듯 말했다.

"밤새 걸었는데도 경성 끄트머리가 아니란 말이야? 경성은 참말로 크네."

"고작 하룻밤에? 너 정말 경성이 얼마나 큰지 모르는구나."

하늘에 붉은 기운이 비치기 시작하자 세상이 깨어나는지 소란스러워지기 시작했다. 기지개를 켜는 소리, 아이를 깨우는 소리, 누군가를 부르는 소리, 혼내는 소리, 욕하는 소리, 깔깔깔 웃는 소리, 문 여닫는 소리, 가축들이 우는 소리……. 오랜만에 들어 보는 정겨운 소리였다. 저택에서는 들어 보지 못한 사람 사는 소리였다.

필순은 이런 소리들이 그리웠나 보다. 왠지 이 마을이 마음에 들었다.

"섭섭아, 우리 여기에 있자."

"여기? 안 돼. 여긴 위험하다고."

섭섭이 필순의 뜬금없는 제안에 펄쩍 뛰며 반대를 했다.

"어딜 가나 위험하긴 마찬가지 아니겠어? 사람이 적은 동네보다는 사람이 많은 곳이 어쩌면 더 안전할지도 몰라. 조용한 곳에선 낯선 사람이 금방 눈에 띄잖아. 이렇게 사람이 많이 오가는 동네에서 누가 우리에게 관심을 두겠어. 그리고 일할 곳도 알아봐야 하는데, 작은 동네에는 일자리도 없을 테고."

듣고 보니 필순의 말도 일리가 있었다.

"그래. 네 말도 맞는 것 같다. 그런데 우리가 함께 일할 데가 있을까? 식모를 두 명이나 쓸 만큼 부자 동네는 아닌 것 같은데."

"일단 알아보자."

둘은 거리를 다니며 일할 곳이 있는지를 살폈다. 사람도 많고 가게도 많았지만 필순과 섭섭에게 내줄 일자리는 없었다. 점심때가 되도록 헤매고 다녔지만 헛일이었다. 둘은 터벅터벅 걸어 냇가로 갔다. 얼굴도 씻고 매무새를 단정히 하기로 했다. 행색이 너무 초라해서 그러나 싶어서였다.

"아니, 이게 누군가? 금방까지 있었던 꾀죄죄한 내 동무는 어디 갔지?"

필순이 섭섭의 머리를 매만져 주고 나서 너스레를 떨었다.

"그러는 댁은 뉘슈? 혹시 조금 전까지 여기 있던 키 크고 깡마른 여자애 못 보셨소?"

둘은 깔깔깔 웃으며 서로를 살펴 주었다. 씻고 나니 어젯밤 도망쳐 나온 갈 곳 없는 아이들처럼 보이지는 않았다.

"필순아, 우리 따로 다녀 보자. 둘이 함께할 일을 찾으려니까 더 힘든가 봐. 어차피 이곳에 있으면 서로 자주 만날 수 있으니까."

필순도 마침 그 생각을 하는 중이었다. 가까이 있으니 언제라도 보고 싶을 때 볼 수 있을 터였다.

"그래."

둘은 일자리를 구하든 못 구하든 다시 냇가에서 만나기로 하고 헤어졌다.

필순은 포목상 창문에 일할 사람을 구한다는 종이가 붙은 걸 보고 반가운 마음에 문을 열고 들어갔다. 그러나 상점 주인은 남자를 원했다. 무거운 물건을 옮겨야 해서 여자아이는 안 된다고 했다. 필순은 할 수 있다고 우겨 봤지만, 주인은 고개를 저었다.

필순은 해거름이 다 되도록 돌아다녔지만 허탕이었다. 할 수 없이 터벅터벅 걸어 약속 장소로 돌아왔다. 먼저 와 있었던 섭섭 또

한 허탕을 쳤는지 망연히 빨래터를 바라보고 있었다. 빨래터에는 아낙들 몇이 늦은 빨래를 서두르고 있었다.

"너도 허탕 친 모양이구나?"

필순은 섭섭의 곁에 풀썩 주저앉았다. 배가 등가죽에 붙어 기운이 하나도 없었다. 배도 꼬르륵거리다 지쳤는지 이제는 그마저도 조용했다.

"저렇게 많은 빨래를 언제 다 하려고."

섭섭이 필순의 말에는 대답도 하지 않고 어딘가에 시선을 붙잡힌 채 혼잣소리를 했다. 눈길이 머문 곳을 따라가 보니 어떤 여자가 빨랫감을 산더미처럼 쌓아 놓고 빨래 방망이를 두들기고 있었다.

"곧 어두워질 텐데…… 우리가 좀 도와줄까?"

섭섭은 필순의 대답은 듣지도 않고 벌떡 일어나더니 물가로 내려섰다.

"야, 섭섭아! 난 배고파서 힘이 없단 말야."

섭섭은 제가 빨래하던 때가 생각나는 모양인지 들은 체 만 체 하며 빨래터로 걸어갔다. 얼결에 필순도 따라 내려갔다.

"좀 도와 드릴까요?"

가까이서 보니 스무 살 남짓으로 보이는 처녀였다. 안면이 없는 사람이 도와주겠다고 나서자 의심스러운 눈빛으로 두 사람을 쳐다보았다.

"아, 이상하게 생각하진 마세요. 곧 어두워질 텐데 빨래가 많은 것 같아서요."

섭섭이 다짜고짜 들이댔다는 생각이 들었는지 어설프게 설명을 했다.

"괜찮아."

처녀는 눈길을 거두고 방말이질을 했다. 지쳐 보이는 기색이었다. 섭섭이 얼른 옆에 앉아 빨랫감을 집어 물에 적셨다. 필순도 따라 했다.

"괜찮다니까."

처녀는 몇 번 말리더니 이내 눈웃음을 지으며 고개를 주억거렸다. 고맙다는 거였다.

"너희, 여기 사니?"

처녀가 커다란 빨래를 물속에서 휘휘 감아 돌리며 물었다. 식구가 많은지 이불이며 옷들이 많았다.

"아, 여긴 아니고……. 그냥 바람을 쏘이던 중이었어요."

필순이 대충 둘러댔다. 혼자 할 것을 셋이 해치우니 수북했던 빨랫감이 어느새 바닥을 보이기 시작했다.

어디선가 귀에 익은 노랫소리가 들려왔다. 〈오빠는 풍각쟁이〉였다. 필순과 섭섭은 누가 먼저랄 것도 없이 동시에 벌떡 일어나 두리번거렸다. 냇가 맞은편 둑 위에서 한 무리의 사람들이 시끌벅적 몰려오고 있었다. 커다란 북을 등에 멘 남자가 앞서고, 그 뒤로 나팔을 부는 사람과 고깔을 쓴 사람들이 따랐다. 쿵쿵 북소리에 맞춰 한 남자는 나팔을 불고, 여자가 간드러지게 노래를 불렀다. 아이들 수십 명이 하루살이 떼처럼 따라다녔다.

"저게 뭐지?"

필순이 놀라 중얼거렸다. 섭섭도 어리둥절한 모습이었다.

"극단 홍보하러 나가는 거야."

처녀가 별거 아니라는 듯 말했다.

"극단요?"

필순과 섭섭이 동시에 물었다.

"정말 이 동네에 안 사는 모양이네. 극단에서 오늘 밤 공연 보러 오라고."

"이곳에 극단이 있어요? 어디에 있어요? 못 봤는데."

섭섭이 흥분을 감추지 못하고 물었다.

"나도 못 봤어."

필순도 마찬가지였다.

"파랑새 극단이라고, 저기 큰 길 돌아가는 데 깃발들 여러 개 보이지? 거기가 극단이야. 나도 거기 있어. 낮에는 공연이 없어서 천막을 내려놓으니까 못 봤을 거야."

처녀의 말에 필순과 섭섭은 더더욱 놀랐다.

"극단에 있어요? 그랬구나. 어쩐지 빨래가 많다고 생각했어요."

"난 배우는 아니야. 단원들 밥해 주고 빨래와 청소를 해."

"아, 네."

"너희도 공연 보고 싶으면 와서 보렴. 오늘이 경성에서 하는 마지막 공연이야. 이곳에 석 달 동안 있었거든. 모레쯤 만주로 갈 거야."

"만주로 간다고요?"

처녀의 말을 듣던 필순의 눈빛이 빛났다. 필순이 빨래를 짜는 척하며 섭섭의 곁으로 가서 재빨리 속삭였다.

"섭섭아, 우리 극단 따라서 만주로 가자."

섭섭이 놀란 눈빛으로 "어떻게?" 하고 물었다. 아직 방법은 생각나지 않지만 어떻게든 극단을 따라 경성을 벗어나야 한다는 생각만 들었다. 어차피 저택에서 도망칠 때도 나중 일은 계획에 없었다. 하지만 지금까지 잡히지 않고 무사했다. 안심하긴 이르지만 이 또한 기회인 건 분명하다.

'어떻게든 이 언니를 따라서 극단으로 가자. 가서 허드렛일이라도 시켜 달라고 사정해 봐야지.'

필순은 각오를 단단히 했다. 섭섭도 같은 생각이었는지 처녀에게 살갑게 말을 붙였다.

"언니는 언제부터 극단에 있었어요?"

"한 삼 년쯤 됐어."

"예? 삼 년이나 됐는데 배우가 못 된 거예요?"

순간 처녀는 얼굴을 붉히며 고개를 수그렸다. 섭섭이 실수를 저지르고 말았다. 저 자신도 느꼈는지 얼른 입을 가렸다.

"아, 죄송해요……. 제 말은 그런 뜻이 아니라……."

섭섭이 허둥지둥 사과를 했다.

"괜찮아. 틀린 말도 아닌데 뭐."

처녀는 시무룩한 표정으로 빨래를 헹궜다.

필순이 눈을 깜작거리며 섭섭을 나무랐다.

"아하하, 저희가 극단에 대해 아는 게 없어서……."

분위기를 바꾸어 보려고 필순이 끼어들었지만 처녀는 더 이상 아무 대꾸도 하지 않았다. 필순과 섭섭은 난감한 눈빛을 주고받으며 말없이 빨래를 거들었다. 헹구어 짜 놓은 빨래가 광주리에 그득했다. 물먹은 빨래는 처녀 혼자서 이고 가기에 버거워 보였다.

꼬르륵, 꼬륵.

한동안 조용하던 배 속이 눈치도 없이 꼬르륵댔다. 민망해서 필순이 얼른 배를 감쌌지만 소용없었다. 그런데 이번에는 섭섭의 배에서도 꼬르륵 소리가 났다. 필순과 섭섭은 얼굴을 붉히며 어색한 웃음을 지었다. 처녀의 눈이 동그래졌다.

"너희, 밥은 먹었어?"

"아……. 실은 오늘 한 끼도 못 먹었어요."

섭섭이 뒤통수를 긁적이며 말했다. 필순은 왜 창피하게 그런 말을 하느냐고 섭섭에게 눈짓을 했지만, 정작 자신의 배 속이 더 크게 아우성을 쳤다.

"어머, 안 되겠다. 따라와, 극단에 남은 밥이 조금 있어."

"정말요? 아, 언니, 고맙습니다."

섭섭이 넙죽 절을 했다. 필순이 섭섭의 옆구리를 쿡 찔렀다. 아무리 그렇다고 기다리고 있었던 것처럼 넙죽대는 건 모양새가 좀 그랬다. 속으론 천만다행이라고 생각했지만.

"고맙긴, 너희가 도와줘서 빨래를 끝냈잖아. 참, 내 이름은 정분이야. 김정분.”

“아, 정분 언니. 어쩜 맘씨처럼 이름도 예쁘네요.”

정분이 빙그레 웃었다. 섭섭의 달착지근한 말투에 정분의 기분이 조금 좋아진 것 같았다.

필순과 섭섭은 정분을 따라 극단으로 갔다.

베레모

파랑새 극단은 경성과 지방을 돌며 공연을 하는, 단원 수가 이십여 명인 극단이었다. 〈심청전〉, 〈흥부전〉 같은 연극만 하다가 몇 달 전 단장이 바뀌면서 악극을 주로 한다고 했다.

"요즘 극단들이 악극 형태로 변해 가는 추세여서 노래에 젬병(형편없음)인 나 같은 사람은 설 자리가 없어."

정분은 조금 서운한 투로 말했지만 단원으로서 극단에 대한 애정은 각별해 보였다. 정분은 필순과 섭섭에게 밥을 차려 주고는 밖으로 나갔다.

"섭섭아, 여기 극단 분위기 괜찮은 것 같지 않아?"

밥을 먹고 난 필순이 여기저기를 기웃거리다가 섭섭에게 말했다.

"응, 나도 그런 느낌을 받았어."

필순과 섭섭은 고픈 배를 채우고 나니 다시 앞날이 걱정되었다. 둘은 정분의 곁으로 갔다. 정분은 분장실에서 소품을 정리하고 있었다. 분장실 한쪽에는 화려한 무대복과 양악기들이 걸려 있고, 다른 한쪽에는 풍물놀이를 할 때 쓰는 고깔과 소고, 북, 장구가 걸려 있었다. 몇몇 단원들이 필순과 섭섭을 흘낏 쳐다보았지만 연습에 열중하느라 다들 바빠 보였다. 연기 연습을 하는 소리와 노래를 연습하는 소리가 합쳐져 분장실 안은 어수선했다.

"언니, 저희가 좀 도와 드릴까요?"

"아, 밥 다 먹었어?"

정분이 꼬르륵대던 필순의 배를 바라보며 물었다. 시장이 반찬이라고 김치와 된장국뿐이었지만 밥 한 사발을 단숨에 비웠다.

"덕분에 맛나게 먹었어요. 고마워요, 언니."

필순의 예의 바른 인사에 정분이 온화한 미소를 머금고 고개를 끄덕였다. 그 모습이 마치 '그럼, 이제 그만 가 봐.' 하는 것처럼 보였다. 필순은 마음이 급해졌다.

"저기 언니, 할 말이 있는데…… 잠깐만요."

필순이 정분의 팔을 붙잡자 놀랐는지 필순의 팔을 밀쳐 냈다. 그러자 곁에 있던 섭섭이 다시 정분의 팔을 붙잡았다.

"언니, 꼭 드릴 말이 있어요."

"얘들이 왜 이래?"

정분이 눈을 크게 뜨며 섭섭의 팔도 밀쳐 냈다.

"정분 씨, 무슨 일이에요?"

한 남자가 저쪽에서 다가왔다. 한눈에도 옷차림이 말쑥했다.

"아, 상수 씨! 아무것도 아녜요."

정분이 얼굴을 붉히며 옷매무새를 추슬렀다.

"이 아가씨들은 누구예요?"

남자가 필순과 섭섭을 훑어보며 물었다.

"아까 빨래터에서 만났는데, 얘들이 도와줘서 빨래를 빨리 끝냈어요. 고마워서 밥이나 먹여 보내려고 데려온 거예요. 얘들아, 이제 그만 가 봐야지."

정분이 필순과 섭섭의 등을 떠밀며 분장실을 나왔다.

"언니, 실은 저희 갈 곳이 없어요. 여기 있게 해 주시면 안 돼요? 무슨 일이든 열심히 할게요."

섭섭이 매달리듯 말하자 정분이 눈을 크게 뜨며 물었다.

"뭐? 너희들, 집 나왔니?"

정분이 의심에 찬 눈으로 둘을 번갈아 보았다. 섭섭의 얼굴과 목의 상처에 눈길이 머물렀다.

"아니, 집 나온 게 아니고…… 그럴 사정이 좀 있어요. 당분간만 이곳에 있게 해 주시면 이 은혜 평생 잊지 않을게요. 네?"

필순이 애원하는 목소리로 매달렸다.

"그럴 사정이 뭔데?"

"지금은 말씀드릴 수가 없어요. 죄송해요. 나중에 다 말씀드릴게요. 부탁해요, 언니."

정분은 여전히 의심의 눈빛을 거두지 않았다.

"저희 나쁜 애들 아니에요. 정말이에요."

섭섭이 울 것 같은 목소리로 말했다.

"그래. 나도 너희가 나쁜 애들이라고 생각하진 않아. 첨부터 내가 극단에 있는 걸 알고 도와준 것 같진 않으니까."

"네. 저희는 여기에 극단이 있는 것도 몰랐고, 언니가 극단 식구인 것도 정말 몰랐어요. 단지 언니 혼자서 그 많은 빨래를 하고 있는 게 안쓰러워서 도와 드렸던 거예요. 언니, 저흰 정말 갈 데가 없어요. 만주로 간다면서요. 거기까지만이라도 따라가게 해 주세요. 네?"

필순과 섭섭은 정분이 거절할 틈도 주지 않고 매달리며 사정했다. 둘의 간곡한 부탁에 정분의 눈빛이 흔들렸다. 진심을 다해 말하다 보니 필순의 눈에 눈물이 그렁그렁 차올랐다.

"사정은 딱하지만, 너희를 이곳에 있게 할 수 있는 힘이 나한텐 없어. 그건 단장님의 권한이야."

"언니가 단장님한테 얘기 좀 잘해 주시면 되잖아요. 그냥 밥만 먹여 주시면 돼요. 언니 일도 돕고, 빨래는 저희가 다 할게요. 그리고 아까 본 극단 홍보라는 것도 할 수 있어요. 얘는 아까 그 노래 〈오빠는 풍각쟁이〉도 잘 불러요."

필순이 섭섭을 가리키며 말했다. 둘이 필사적으로 매달리는 통에 안 되겠다 싶었는지 정분이 반허락처럼 한숨을 내쉬었다.

"후유, 그럼 상수 씨를 통해서 얘기는 해 볼게. 너무 기대는 하지 말고."

"와! 고마워요, 언니. 참말 고마워요."

필순은 너무 고마워서 눈물이 날 지경이었다. 우선 단장님이라는 분을 만나게만 해 주어도 절반은 성공이라 생각했다. 재워 주고 먹여 주기만 하면 무슨 일이든 하겠다고 매달려 보리라. 극단 측에서도 손해는 아닐 거라는 생각이 들었다.

필순과 섭섭은 한쪽에 쪼그리고 앉아 정분을 기다렸다.

"꼭 이 극단을 따라 만주로 가자. 그래야 안심할 수 있어."

필순의 속삭임에 섭섭이 비장하게 고개를 끄덕였다. 필순은 정분이 좋은 소식을 가지고 오기를 마음속으로 간절히 기도했다.

한참 만에 정분이 돌아왔다. 둘은 벌떡 일어섰다. 우선 정분의 표정을 살폈다. 정분이 활짝 웃어 보였다. 그제야 필순은 가슴을 쓸어내렸다.

"단장님이 데려와 보래. 고향 동생들이라고 했으니까 그렇게 알고 대답해."

"언니, 참말로 고마워요."

섭섭은 정분의 손을 잡고 흔들며 몇 번이나 인사를 했다.

"아직 허락이 떨어진 건 아니야."

필순과 섭섭은 정분을 따라 단장을 만나러 갔다.

문을 열고 들어서자 남자 몇 명이 이야기를 나누고 있었다. 잠시 문 옆 의자에 앉아 끝나기를 기다렸다. 오늘 있을 공연에 대해 이야기를 나누는 것 같았다. 단장인 듯한 사람은 출입구와 등지고 있어 얼굴이 보이지 않았다. 이쪽을 보고 있는 사람은 상수였다. 분위기로 보아 상수는 극단에서 비중이 있는 사람으로 보였다.

얼마 후, 남자들이 나가고 상수가 정분에게 손짓을 했다. 필순과 섭섭은 손을 꼭 잡고 앞으로 갔다. 거절을 당하더라도 매달려 사정해 보자고 미리 다짐을 한 터였다.

"그럼 자네는 가서 준비하고……. 어디, 정분 씨 고향 동생들이라고?"

단장이 의자를 빙 돌리며 돌아앉았다.

"안녕하세요!"

필순은 허리를 깊이 숙여 정중하게 인사를 했다. 그런데 얼핏 본 단장의 얼굴이 어딘가 낯익다는 생각이 들었다. 바로 그때, 옆에서 섭섭이 괴상한 소리를 냈다.

"스, 스, 스즈키 상?"

고개를 든 필순은 하마터면 주저앉을 뻔했다.

"베레모?"

그였다.

"아니, 너희는?"

베레모도 눈이 휘둥그레졌다. 이게 도대체 어찌 된 일인가. 원수는 외나무다리에서 만난다더니, 필순은 그만 눈앞이 노래졌다. 저택에서 도망쳐 나와 아직까지 뒤쫓는 기색이 없어서 조금은 안심하고 있었는데, 어떻게든 이 극단을 따라 만주로 가면 붙잡히지 않을 거라 생각했는데, 제 발로 적의 소굴로 걸어 들어오다니 기가 찰 따름이었다.

"스, 스, 스즈키 상이 다, 단장님이라고요?"

섭섭은 믿을 수 없는 눈앞의 광경에 말까지 심하게 더듬었다.

"어떻게 된 거야?"

베레모가 필순과 섭섭을 보던 눈길을 거두고 정분에게 물었다.

"서로 아는 사이…… 였어요?"

정분도 당황해서 어쩔 줄을 몰라 했다.

필순은 이 상황을 파악해 보려 애썼다. 베레모는 도대체 뭘 묻는 것인가. 왜 도망쳤냐고 묻는 것인가, 아니면 이 시간에 저택에 있지 않고 여긴 웬일이냐고 묻는 것인가. 그러나 한 가지 사실만은 알 수 있었다. 그의 입에서 '도망'이라는 말이 튀어나오지 않았다는 것. 그렇다면 베레모는 둘이 도망쳐 나온 사실을 모르는 것이 분명했다. 그런데 어떻게 그럴 수가 있지? 베레모는 경무국장의 최측근인데. 필순의 머릿속은 다시 오리무중이 되었다.

"정분 씨, 어떻게 된 거야? 고향 동생이라더니. 정분 씨 고향은 개성 아니었어? 그런데 이 아이는 저 남쪽에서 왔고, 저 애는 한성 권번에 있었는데."

베레모가 세 사람을 번갈아 보며 물었다. 정분은 거짓말을 한 것이 민망했는지 얼굴이 붉어졌다.

"그, 그게 사실은……."

"이 언니는 잘못 없어요. 저희가 부탁한 거예요."

필순이 얼른 정분의 말꼬리를 잘랐다.

"너희들 그 집에서 쫓겨난 거야?"

베레모가 놀란 눈빛으로 필순에게 물었다. 필순은 다리가 후들거렸다. 뭐라고 대답을 해야 하나. 베레모가 지금은 아무것도 모르는 것 같지만 아는 건 시간문제다. 지금이라도 저택에 전화해 보면 금방 알 일이다. 그러면 도망친 애들을 잡아 놓았다고 말할 것이다. 한시바삐 이곳을 떠나야 한다.

"아, 아니에요. 우리 그냥 갈게요. 섭섭아, 가자."

필순은 섭섭의 옷소매를 잡아끌었다. 그러나 섭섭은 생각이 다른 모양이었다. 오히려 필순의 팔을 붙잡았다.

"잠깐만, 스즈키 상이 정말 파랑새 극단 단장님이라고요?"

섭섭은 기어이 확인해야겠다는 듯 베레모와 정분을 번갈아 보며 물었다.

"섭섭아, 얼른 가자고!"

필순이 섭섭의 옆구리를 찌르며 빠르게 속삭였다.

섭섭은 권번에 있을 때부터 스즈키를 알고 있었다. 스즈키는 조선인이면서 일본인인 경무국장을 그림자처럼 따라다녔다. 그런 스즈키 앞에서 사람들은 쩔쩔맸다. 기생 언니들도 뒷줄 든든한 그에게 줄을 대려고 돈을 주고 웃음을 팔았다. 그런 스즈키가 뭐가 아쉬워서 극단 단장이 된 건지 이해가 되지 않았다.

"단장님, 죄송합니다. 집을 나온 애들이란 건 짐작했지만, 나쁜 애들 같지 않아서……."

정분은 이 상황을 설명하느라 진땀을 뺐다. 그때 밖으로 나갔던 상수가 들어왔다. 심상찮은 분위기를 느꼈는지 정분을 쳐다보며 눈짓으로 물었다. 정분이 난처한 표정을 지으며 고개를 저었다.

"단장님, 오늘 공연 차질 없을 것 같고요. 표는 다 팔렸다고 합니다. ……그런데 무슨 일 있습니까?"

"아, 아니야. 뜻밖의 만남이라서."

맞다. 뜻밖의 만남이었다. 필순은 저택을 탈출하기 전에도 그 후에도 따로 베레모를 생각한 적이 없었다. 있다면 안주인의 방에서 유성기를 틀었을 때 스즈키가 새 음반이 나오면 마님에게 갖다 주는 것 같더라는 섭섭의 말을 들었을 때뿐이었으니까.

문득 필순은 베레모가 그토록 원하던 레코드사를 차렸는지 궁금했다.

"레코드사는요? 레코드사는 차렸어요?"

필순의 느닷없는 물음에 베레모가 미간을 찡그렸다. 필순이 알고 있는 베레모는 섭섭이 알고 있는 스즈키와는 좀 달랐다.

필순은 저택 안주인을 통해 베레모가 레코드사를 차리고 싶어 한다는 말을 들었다. 안주인은 베레모를 조선인 주제에 감히 레코드사를 차리고 싶어 하는 간 큰 놈, 미친놈으로 취급하며 경멸했다. 그러나 베레모는 일본인 앞에서 굴욕스러운 행동까지 보이며 저돌적이었다. 게다가 필순을 경성으로 데려와 제물로 바친 것도 그 때문이었다. 그런 베레모가 파랑새 극단의 단장이 된 것이 이상할 건 없었다. 레코드사를 차리고 싶어 했으니 노래로 하는 악극도 할 수 있을 터였다.

"참, 우리 동순 언니는 틀림없이 흥남에 있는 공장에 간 거죠?"

필순이 불현듯 생각났다는 듯 베레모에게 물었다.

"틀림없이라니?"

"찬모 아주머니가 그러던데, 여자들을 모아 중국 부대로 보낸다면서요?"

순간 베레모가 당황하는 기색을 보였다. 꽁초만 남은 담배가 손가락 사이에서 떨어졌다. 필순을 바라보는 베레모의 눈빛도 흔들렸다.

"여자를 부대에 보내는 건 죽으러 가란 소리나 매한가지죠. 여자가 어떻게 총 들고 싸워요? 우리 동순 언니는 참말로 공장에 간 거 맞죠?"

필순의 말에 베레모가 크음, 신음 같은 소리를 내더니 다시 담배에 불을 붙였다.

"들리는 말들이 하도 험해서요. 마님이 섭섭이도 부대로 보내 버린다고 해서……, 윽!"

섭섭이 필순의 팔을 꼬집었다. 말하지 말라는 신호였다.

"뭐라고? 자세히 말해 봐."

섭섭은 말렸지만 왠지 말해도 될 것 같았다. 필순은 며칠 사이에 벌어졌던 사건의 전말을 털어놓았다.

이야기를 듣고 난 베레모는 한동안 말이 없었다. 타들어 간 담배가 손가락 가까이 왔을 때에야 뜨거웠는지 재떨이에 비벼 끄며 무겁게 입을 열었다.

"난 이제 그 집에 안 간다."

"가지 않는다고요? 그럼 경무국장님 일은."

"이제 나하곤 상관없는 일이라니까!"

갑자기 베레모가 신경질적으로 소릴 질렀다. 모두 깜짝 놀랐다. 이틀이 멀다고 드나들던 베레모가 아니던가. 물론 필순은 경무국장이 손님을 맞는 응접실에는 얼씬거리지도 못했지만 여러 정황으로 보아 베레모가 왔다 간 걸 알 수 있었다. 가끔은 잰걸음으로 정원을 빠져나가는 모습을 보기도 했다.

"세상에, 그런 일이 있었구나. 큰일 날 뻔했네. 단장님, 얘들 여기 있으면 안 될까요? 사정을 들어 보니 갈 곳도 없는 것 같은데요."

정분이 섭섭의 등을 어루만지며 편을 들어주었다. 새삼 섭섭의 눈이 그렁그렁해졌다.

베레모는 창을 향해 돌아섰다. 필순은 베레모의 입에서 무슨 말이 나올지 긴장하며 쳐다보았다.

"오늘은 공연도 있고, 날도 늦었으니 여기서 자거라. 이 문제는 내일 아침에 다시 이야기하자."

베레모의 말에 필순과 섭섭은 불안한 마음과 안도의 마음이 동시에 일었다. 둘은 정분을 따라 다시 분장실로 갔다.

그날 밤, 상수가 베레모의 방을 찾아왔다.

"단장님, 주무십니까?"

"무슨 일인가?"

상수의 손에는 술이 한 병 들려 있었다. 베레모는 자신의 마음을 헤아려 준 상수의 배려가 고마웠다. 상수는 베레모의 대학 후

배다. 공연을 마치고 단원들이 뒤풀이를 하는 동안 베레모는 내내 혼자서 시간을 보내고 있었다. 재떨이에 담배꽁초가 수북했다.

"늦은 시간인데, 쉬지 않고……."

상수가 말없이 베레모를 바라보았다. 베레모는 담뱃갑에서 담배를 하나 꺼내 불을 붙였다. 그 손이 미세하게 떨리더니 양 볼이 패도록 담배를 빨았다. 담배 연기 사이로 보이는 베레모의 얼굴이 수척해 보였다.

상수가 술을 한 잔 따라 베레모에게 건넸다. 베레모는 속이 타는지 술잔을 받아 단숨에 들이켰다.

"아까 그 애들, 어떻게 하실 생각입니까? 돌려보낼 수도 없지 않습니까?"

상수가 조심스럽게 이야기를 꺼냈다.

"그래. 자네도 어느 정도 알고 있는 일이니까. 사실은……."

베레모는 주마등처럼 지나가는 자신의 굴욕적인 과거를 떠올리며 입을 뗐다.

"경무국장은 출세를 위해서라면 물불 가리지 않는 사람이지. 그런데 그에겐 출생의 비밀이 있어. 생모가 게이샤였거든. 다행히 양자로 가서 일본의 내로라하는 귀족 집안의 딸과 결혼을 했지만, 어느 날 생모가 치매에 걸려 나타난 거야."

"그런 일이……."

상수는 의외라는 표정을 지었다.

"출세 가도를 달리던 경무국장에겐 세상이 무너질 일이었겠지.

경무국장은 병든 노모를 별채에 가두고 외부와의 접촉을 차단해 버렸어. 그 누구도 자신의 치부를 알지 못하게 말이야."

"지독한 인간이군요."

"난 그 점을 이용해 경무국장에게 접근했지. 내 꿈을 위해 의도적으로 말이야. 그의 비밀을 지켜 주기 위해 시중들 아이들을 대 주면서 신임을 얻었지. 그런데 웬일인지 시중드는 애들이 얼마 견디지 못하고 나가떨어졌어. 아까 그 아이들도 권번과 남쪽 지방에서 데려왔고."

베레모는 긴 한숨을 내쉬었다.

"그렇게 해서 단장님이 얻으신 게 뭔가요? 레코드사를 차려 준다고요?"

상수가 어이없다는 듯 목소리를 높였다.

"그가 맘만 먹으면 안 될 것도 없었지만, 처음부터 그런 맘 같은 건 먹지도 않았다는 걸 뒤늦게야 알게 됐어. 나를 이용해 먹으려는 거짓 약속이었지."

경무국장은 입안의 혀처럼 구는 베레모를 곁에 두고 온갖 궂은 일을 시켰다. 자신의 욕망을 채우기 위해서라면 조선의 어린 소녀들을 사지로 내모는 것쯤은 아무 일도 아니었다.

"일본군의 사기가 떨어지자 본국에서 병사들을 위로하기 위한 위안부를 모집하라는 명령이 떨어졌어. 총독 자리를 노리던 경무국장으로선 피할 수 없는 일이었지. 부하들을 시켜 열성으로 일을 진행했지. 사실 그때까지만 해도 나는 그런 일이었는지 알지 못했어. 비밀리에 자행하던 일이었으니까. 한데 어느 날엔가 나한테도 명령이 떨어졌어. 여공을 모집한다며 소녀들을 모집해 오라고."

"그때라도 알았으면 그만뒀어야 했어요."

상수는 화가 나 탁자를 내리쳤다.

"자네 말이 맞아. 내가, 내 욕심에만 눈이 멀어……."

베레모는 고개를 절레절레 저으며 몸서리를 쳤다.

"솔직히 저는 단장님을 이해할 수 없습니다. 경무국장과 다를 게 뭐가 있습니까?"

상수의 말투가 단호했다. 얼굴에는 날이 선 분노도 엿보였다.

"맞아. 일본인에게 조선인이란 저희들 발밑에 밟힌 벌레에 불과할 뿐이었어. 그런 자들에게 기대어 음악을 하겠다고, 나는 씻을 수 없는 죄를 지었어."

깊이 고개를 떨군 베레모의 어깨가 미세하게 들썩였다. 상수는 회한에 찬 사내의 처절한 모습을 내려다보며 쓰디쓴 술을 목구멍 깊이 털어 넣었다.

"그 일로 단장님이 항상 괴로워하고 있다는 건 알고 있습니다. 지난번에 저를 통해 동순이라는 아이를 개성 공장에 취직시켜 준 것도 그 때문이었겠죠."

베레모가 눈물진 얼굴로 고개를 들었다.

"결정했네. 저 애들을 내가 보호해 줘야겠어. 대면하는 게 괴로워서 망설였는데, 속죄하는 마음으로…… 만주로 데려가세."

"예, 잘 결정하셨습니다."

필순은 정분 곁에 잠자리를 얻어 누웠지만 잠이 오질 않았다. 어떻게든 극단을 따라 경성을 떠나야 한다는 생각뿐이었다. 오늘은 무사했지만 경무국장이 사람을 풀어 쫓는다면 붙잡히는 건 시간문제다.

'베레모에게 다시 한번 부탁해 볼까? 아까는 공연 때문에 경황도 없고 사람들이 있어서 낼 보자고 한 건지도 몰라.'

필순은 일어나 밖으로 나왔다. 마침 베레모 방에 불이 켜져 있었다. 그쪽으로 막 가려는데 상수가 방에서 나오고 있었다. 필순은 얼른 몸을 낮추었다.

잠시 후, 필순은 베레모의 방문을 두드렸다. 대답이 없었지만 눈을 질끈 감고 문을 열었다. 방 안에서 술 냄새가 풍겼다. 베레모가 술병을 앞에 두고 고개를 푹 숙이고 있었다.

"왜 또 왔나? 그만 가서 자게."

상수가 다시 온 줄 알았는지 베레모가 고개를 숙인 채 말했다.

"저기, 저 봉필순이에요."

베레모가 화들짝 놀라며 고개를 들었다.

"어? 네가 왜?"

"드릴 말씀이 있어서요."

필순은 심호흡을 한 뒤 용기를 내어 말했다.

"우리도 만주로 데려가 주세요. 아니, 그게 어려우면 경성에서 벗어날 수만 있게 도와주세요. 이제 경무국장에게 잘 보일 필요도 없잖아요. 그러니까 이번 딱 한 번만 도와주세요. 네?"

베레모가 무슨 말을 하려고 하자 필순은 거절하지 못하도록 재빨리 한마디 덧붙였다.

"사실 내가 지금 이런 처지가 된 건 단장님 때문이기도 하잖아요. 그때 경성으로 따라오면 아버지를 풀어 준다고 해서 온 거니까요!"

부탁하려고 온 건데 필순은 자기도 모르게 따지는 말투가 되어 버렸다. 마음속 깊은 곳에 원망의 응어리가 남아 있었기 때문이다.

"그래……. 네 말대로 나 때문이야. 네 아버지 일은 정말 미안하다."

베레모의 의외의 반응에 필순은 당황스러웠다.

"아니 저, 도와주세요! 섭섭이와 전 갈 데가 없어요. 경성 지리도 잘 몰라서 어디로 어떻게 가야 경성을 벗어날 수 있는지 알지 못해요."

"함께 만주로 가자."

필순은 방으로 돌아와 곤히 잠든 섭섭을 꼭 껴안으며 안도의 한숨을 내쉬었다.

파랑새 극단

왔습니다, 왔어요. 동포 여러분, 극단 파랑새가 멀리 조국에서 날아왔습니다. 기다리고 기다리던 그날이 왔습니다.

타향살이 몇 해던가
손꼽아 헤어 보니
고향 떠난 십여 년에
청춘만 늙어 늙어.

자, 자, 동포 여러분의 시린 마음을 녹여 줄 극단 파랑새가 행복을 물고 찾아왔습니다. 오늘 저녁 여섯 시, 이른 저녁 잡수시고 서둘러 나오세요. 눈물 없이는 볼 수 없는 〈장화홍련전〉이 기다리고 있습니다.

앞에서 마이크를 잡은 사람이 구성진 목소리로 길을 트면 풍물

놀이 복장을 한 단원들이 고깔을 쓰고 소고를 치며 신작로를 누볐다. 필순과 섭섭도 무리에 섞여 소고를 쳤다.

극단은 만주에서 하는 공연에 사활을 걸었다.

"여기서 성공을 거두어야 경성에 돌아가 힘을 받을 수 있다."

베레모의 열정만큼 단원들의 각오도 비장했다.

길가에 많은 사람들이 나와 행렬을 구경했다. 생각보다 열렬한 반응에 단원들은 기분이 좋았다. 조무래기 아이들이 우르르 행렬을 따라다니며 재밌어했다. 여기저기서 흥분에 찬 말소리가 들려왔다.

"경성에서 왔다는구먼. 유명한 유랑 극단이랴."

"가수들도 오고 배우들도 많이 왔대요."

"난 이따 저녁에 열일을 제쳐놓고라도 와서 봐야 쓰겄네."

"고향을 떠나온 게 벌써 십수 년인디, 혹시 우리 고향 사람도 저기 있을라나? 고향 소식 좀 듣고 싶구먼."

"어디나 정들면 고향이지비. 십수 년 살았으믄 여기도 고향 아니겠습둥?"

만주는 경성보다는 대체로 자유로운 분위기였다. 활개 치는 일본 순사들이 본토보다 적어서인지 사람들의 표정도 본토보다 밝았다. 굶주린 고향을 떠나 머나먼 만주 땅에서 새로운 희망을 찾는 동포들은 조국에서 온 파랑새 극단을 호기심 가득한 눈으로 바라보았다. 단원들도 희망에 부풀었다. 동포들의 반응은 호의적이었고, 만주라는 이국땅에 대한 기대도 자못 컸다.

"히야! 이 김섭섭이가 온 줄 어떻게 알고 저렇게들 반기시나?"

섭섭이 얼굴을 반쯤 가린 고깔을 밀어 올리며 넉살 좋게 한마디 했다.

"그러게 말야. 여기 김섭섭이라는 유명한 가수가 왔다고 소리쳐 줄까?"

필순이 두 손을 입에 대고 외치는 시늉을 하자 섭섭이 놀라 필순의 입을 막았다.

"야, 그만두지 못해. 진짜 단원들 들을라."

"호호호."

필순과 섭섭은 만주가 좋았다. 무엇보다 경무국장의 손아귀에서 벗어난 게 좋았다. 설마 도망친 식모들을 잡아들이려고 만주까지 순사를 풀지는 않을 것이라는 생각에 마음이 놓였다. 기차를 타고 오는 이틀 동안은 간이 콩알만 해져 얼굴도 제대로 들지 못했다. 순사 뒤통수만 봐도 화들짝 놀라 달아나다 오해를 받기도 했다. 다행히 베레모가 몇 번의 위험한 순간을 막아 주었다. 경무국장 측근으로 수년을 있었던 경력은 그림자만으로도 효력이 있었다.

어제 저녁, 분위기도 살필 겸 필순은 정분 언니와 섭섭과 함께 거리에 나가 보았다. 만주라고는 해도 조선인들이 사는 모습은 경성과 크게 다르지 않았다.

팥죽 가게 앞을 지날 때였다. 필순이 갑자기 가게 앞에 붙박였다. 흐린 유리창 너머로 밀대로 열심히 반죽을 밀고 있는 여자가 보였다. 그 모습이 언뜻 엄마를 닮은 듯해 넋이 빠진 듯 바라보았다. 고향 집에선 엄마가 자주 팥죽을 쑤어 주곤 했다. 엄마와 함께 팥죽을 쑤던 때가 생각나 필순은 눈시울이 붉어졌다.

정분은 필순이 팥죽이 먹고 싶어 그러는 줄 알았는지 갑자기 가게 안으로 필순을 밀었다.

"아주머니, 죄송하지만 팥죽 한 그릇만 주실 수 있어요? 동생이 먹고 싶어 해서요."

세 그릇을 시키기엔 가진 돈이 부족했다. 주인 아주머니가 처음엔 뜨악한 표정을 짓더니 이내 고개를 끄덕였다.

"괜찮아요. 먹고 싶은 게 아니라, 그냥 엄마 생각이 나서."

"이 처자도 고향이 남쪽인가 보네. 이렇게 칼국수를 넣고 끓이는 팥죽은 남쪽에서 주로 해 먹는 음식이거든. 그렇지?"

"네. 전에 엄마가 자주 해 주셨어요!"

아주머니의 다정한 말투 때문인지 엄마 생각이 더 났다. 집을 떠난 후 힘들고 아플 때마다 무척이나 보고 싶었던 엄마, 엄마의 잔소리마저 못 견디게 그리웠다. 전염이라도 되었는지 섭섭과 정분도 시무룩해졌다.

"내가 반죽을 밀어 놓으면 엄마가 칼로 썰곤 했는데, 안 보고도 어찌나 가지런하게 써는지 참 신기했어요."

"난 팥죽 쑤어 주던 엄마도 없는데 엄마가 보고 싶다."

어렸을 때 돌아가셔서 엄마 얼굴도 기억나지 않는다는 섭섭이 울먹한 목소리로 말했다.

"우리 엄마는 평생을 자리에 누워 앓다가 내가 극단에 들어오기 전 해에 돌아가셨어. 항상 골골했기 때문에 맛난 음식을 해 준 적은 없지만, 그런 모습으로라도 엄마가 살아 계셨을 땐 집 안이 텅 빈 것 같진 않았는데."

정분도 엄마 생각에 눈시울을 붉혔다. 팥죽이 나오는 동안 다들 엄마 생각에 훌쩍거렸다.

"아이고, 이쁜 처자들! 팥죽 먹으러 와서 체하겠네. 팥죽이나 맛나게 먹어. 내 오늘은 돈 안 받고 처자들 배부르게 해 줄 테니."

아주머니가 김이 모락모락 나는 팥죽 세 그릇을 탁자 위에 놓았다. 어찌나 먹음직스러워 보이는지 셋은 눈동자를 번득거리며 먹기 바빴다. 맛난 팥죽을 한 그릇씩 먹고 나자 힘이 났다. 정분은 한 그릇 값이라도 받으라 하고, 아주머니는 괜찮다며 실랑이를 하다 간신히 한 그릇 값을 전대에 넣어 주고 나왔다.

만주에서 만난 사람들은 따뜻했다. 팥죽집 아주머니 말고도 거리에서 만난 사람들 모두 친절했다. 같은 조선 사람이라는 이유 하나로 다들 엄마 같고 자식 같은 심정인 모양이었다.

베레모는 종일 첫 공연에 대한 기대와 불안으로 초조했다. 베레모는 만주에서 다시 시작하고 싶었다. 신파극을 위주로 하던 극단을 정리하고 악극단으로 꾸리는 데 시간이 좀 걸렸다. 노래 잘하는 배우를 섭외하는 것도 형편상 힘들었지만, 경성에서의 새로운 도전은 걸림돌이 많았다. 그래서 선택한 곳이 만주였다. 만주 공연이 성공하면 북간도까지 갈 생각이다. 이국땅에서 극단을 단련한 뒤 경성으로 돌아갔을 때는 실력 있는 악극단으로 우뚝 서고 싶었다.

베레모는 만주에 도착해 짐을 풀자마자 곧바로 단원들을 연습시켰다. 야심작으로 〈장화홍련전〉을 준비했다. 굳이 〈장화홍련전〉을 준비한 데는 이유가 있었다.

계모의 흉계로 억울한 죽임을 당한 장화와 홍련 자매의 원통한 영혼은, 일본에 강제로 나라를 빼앗긴 조선의 현실과 비슷했다. 만주에 사는 동포들은 고향 땅에서 벼랑 끝에 내몰려 새로운 희망의 땅을 찾아 조선을 떠나왔지만, 고향이 그리울 것이다. 그런 동포들의 향수를 달래 주는 동시에 조국의 현실을 잊지 않기를 바라는 마음, 어쩌면 베레모 자신의 지난 과오를 반성하는 마음으로 준비한 것이다.

해 그림자가 길어졌는데 아직 매표소 앞은 한산했다. 공연 한 시간 전이었다. 베레모는 초조한 탓인지 입맛이 없어 점심도 거른 참이었다.

"단장님, 이거라도 좀 드세요. 뱃속이 비면 힘 빠져요."

필순은 초조해하는 베레모에게 찐 감자와 숭늉을 내밀었다. 감골에서의 일을 생각하면 모른 체하고 싶었지만 첫 공연은 모두에게 중요했기 때문이다.

"한 끼 굶는다고 힘 빠지지 않아."

말은 그렇게 했지만 베레모는 필순의 마음 씀씀이가 고마웠다.

"너무 걱정 마세요. 잘될 거예요. 밖에 나가 보니 사람들의 반응이 좋았어요."

필순은 베레모가 만주 공연에 공을 많이 들인다는 말을 정분에게 들었다. 그래서인지 베레모는 자주 사람들을 만나러 다녔다. 만주에서 여러 달 동안 공연을 하자면 이 지역 유지들과 친분을 쌓아 놓을 필요가 있다고 했다. 그런데 이따금 낯선 남자가 베레모를 찾아오기도 했다. 낯선 남자가 찾아올 때는 상수가 단장 방 쪽으로 단원들을 못 가게 했다. 필순은 저택에서 보았던 베레모의 모습과 파랑새 극단 단장으로서의 그의 모습이 참 많이 다르다고 생각했다. 어떤 때는 얼굴만 같은 쌍둥이가 아닌가 하는 생각마저 들었다.

"그래? 정말 반응이 좋았어?"

"네. 거리에서도, 식당에서도, 빨래터에서도 사람들의 반응을 살펴봤는데 우리 극단에 대해 관심이 많았어요. 꼭 보고 싶다고 한 사람도 많았고요."

베레모는 필순의 말에 흡족한 듯 미소를 머금었다. 언제 그런 것까지 마음을 썼는지, 처음 감골에서 보았을 때처럼 필순은 야무지고 당당한 아이였다.

"조금이라도 잡수세요. 그럼."

필순이 돌아서 나오려고 하는데 베레모가 불러 세웠다.

"봉필순, 너 가수가 되고 싶다고 했지?"

베레모의 뜬금없는 말에 필순이 놀라 쳐다보았다. 베레모에게 한 번도 그런 말을 한 적이 없었기 때문이다.

"아, 놀랄 거 없어. 감골에서 네 사촌 언니하고 하는 얘기를 들었어. 그런데 지금은 그 꿈 포기했나?"

"아뇨. 가수가 되고 싶어요, 할 수만 있다면."

필순은 잊고 있었던 소중한 것을 뜻밖에 찾아내기라도 한 것처럼 목소리가 들떴다.

"왜 가수가 되고 싶은 거지?"

베레모는 가수가 되고 싶다고 말하는 필순의 말에 적이 놀랐다. 낯선 곳에서 힘든 일들을 겪으면서도 아직 그 꿈을 간직하고 있다는 게 놀라웠다.

"노래를 부를 땐 행복하니까요."

"행복이라…… 행복."

베레모가 행복이라는 단어를 몇 번 중얼거리더니 씩 웃었다. 좀처럼 웃지 않는 그가 웬일인지 필순은 좀 의아했다.

"참 오랜만에 들어 보는구나, 행복이라는 말. 이런 상황에서도 노래가 행복을 줄 수 있다니 놀랍구나."

필순은 베레모의 말에 쑥스러워 고개를 숙였다. 대단한 말도 아닌데 자신을 대단하게 생각해 주는 베레모가 좀 낯설게 느껴졌다. 단원들 연기나 노래를 지도할 때 야단을 치던 모습과는 사뭇 달랐기 때문이다.

"어떤 이들은 노래로 위안을 받는다고 하던데……. 넌 노래를 부르면서 행복하고, 사람들은 네 노래를 들으면서 위안을 받겠구나. 네가 가수가 된다면."

"그저 제 꿈이죠, 뭐."

"꿈을 이루기 위해선 열정만으로는 되지 않더구나. 시간과 정성이 필요하다는 걸 난 너무 늦게야 깨달았어."

"네?"

필순은 베레모가 무슨 말을 하는지 감이 잡히질 않았다.

"난 대학에서 작곡을 공부했다. 한때는 그 바닥에서 관심을 한 몸에 받기도 했지. 그런 내게 주위에선 격조 있는 가곡을 만들라고 권했지만 난 조선 사람의 마음을 담은 노래를 만들고 싶었다. 그러자면 가곡보다는 가요가 더 적합하다고 생각했지. 그러나 내가 만든 가요는 세상에 나올 수가 없었어. 일본인들이 레코드사를 모두 장악하고 있기 때문에. 그들이 원하는 노래는 일본을 찬양하는 노래나 전쟁터에 나가 싸워 죽자는 노래이니까."

"아, 그래서 레코드사를 만들려고 하셨군요?"

필순은 이제야 궁금증이 풀렸다는 듯 말을 받았다. 베레모는 두 손바닥으로 얼굴을 쓸어내렸다. 마치 오물을 씻어 내려는 듯. 그 모습이 매우 고통스러워 보였다.

"무슨 일이 있었나요?"

필순의 질문에 베레모는 대답 대신 그날 일을 떠올렸다.

필순을 저택에 데려다준 다음 날, 베레모는 시골에서 모집해 온 아홉 명의 소녀들을 인계하기 위해 그들이 묵고 있는 숙소로 갔다. 그런데 숙소가 난장판이었다. 한 아이가 돌림병에 걸렸다고 했다. 숙소 안은 아픈 아이가 토해 놓은 오물과 놀라 소리치는 사람들로 아수라장이었다. 어쩔 수 없이 전원 보건 검사를 받기 위해 출발이 연기되었다. 돌림병이라는 말에 감시는 느슨했고, 그날 밤 동순이 아픈 아이를 데리고 도망쳤다. 아침에야 그 사실을 알았지만 순사는 어차피 죽을 애들이라며 뒤쫓지 않았다. 그 일로 베레모는 경무국장에게 된통 추궁을 당했다. 경무국장은 냉혹했다. 모든 일에서 베레모를 서서히 제외시켰다. 안 그래도 레코드사, 레코드사 노래를 부르는 베레모가 거북하던 터였다. 한 번의 실수로 베레모의 공든 탑은 와르르 무너졌다.

한 달쯤 뒤, 베레모는 유곽에서 우연히 동순을 만났다. 동순은 유곽에서 허드렛일을 하며 지내고 있었다.

"어떻게 된 거야?"

베레모의 물음에 동순이 의외로 눈을 부릅뜨고 대들었다.

"어떻게 된 거냐고요? 왜 죽지 않고 살아 있어서 겁나나요? 그날 밤 개는 결국 죽고 말았지만 난 죽지 않고 살았어요."

동순의 말에 가시가 돋쳐 있었다. 뭔가를 아는 눈치였다. 베레모는 동순이 차라리 도망쳐 주어서 다행이다 싶었다.

"화장실에 갔다가 우연히 군인들이 하는 얘기를 듣고 알았죠. 여공 모집은 새빨간 거짓말이고, 사실은 우리를 군대 위안부로 데려가는 거라고."

동순은 베레모를 죽일 듯이 쏘아보았다. 살려 달라고, 못 본 체 해 달라고 애원할 줄 알았는데, 열여섯 살 동순은 겁쟁이 소녀가 아니었다.

"흥, 잡아가려면 잡아가요. 당신 같은 사람에게 매달리고 싶은 생각 없으니까. 같은 조선 사람한테 어떻게 그런 파렴치한 짓을 할 수 있는지……."

동순은 베레모를 벌레 보듯 외면했다.

"뭐, 뭐라고?"

베레모는 충격을 받았다. 아무것도 손에 쥔 패가 없는데도 어떻게 저렇게 당당할 수 있는지. 겁먹지 않고 할 말을 다 하는지. 문득 잊고 있었던, 아니 욕망을 위해 깊이 숨겨 두었던 자신의 모습이 보였다. 초라하게 발가벗겨진.

그날 밤 베레모는 깊은 생각에 빠졌다. 지금 서 있는 곳이 어디인지, 어디서부터 잘못되었는지 밤새 뒤척였다. 다음 날 베레모는 상수를 시켜 동순을 개성에 있는 신발 공장으로 보내 주었다.

베레모는 경무국장의 그늘 속에서 서서히 걸어 나왔다. 주위 사람들은 내쳐진 거라고 비웃었지만 차라리 그렇게 보이는 게 다행이었다. 베레모는 지인의 소개로 파산 위기에 있던 파랑새 극단을 인수했다. 극단을 악극단으로 재정비하고 전통 이야기를 노래로 만들어 볼 참이었다.

"어머나 세상에, 저기 좀 보세요!"

필순의 고함 소리에 베레모는 깊은 상념에서 깨어났다.

"무슨 일이야?"

일어나 창밖을 내다보았다. 매표소 앞에 사람들이 길게 늘어서 있었다.

"아, 됐어!"

공연장을 메우고도 남을 인파였다. 베레모는 두 주먹을 불끈 쥐었다. 성공이었다.

"저도 얼른 가서 도와야겠어요."

필순이 상기된 얼굴로 막 방을 나가려는데 베레모가 필순을 불렀다.

"봉필순, 막간에 무대에 서 보지 않을래?"

"네?"

필순은 잘못 들었나 싶어 놀란 눈으로 베레모를 쳐다보았다.

"관객들의 흥을 돋우기 위해 악극 사이에 가요 순서를 넣을까 생각 중이었어. 마침 관객들도 많이 온 것 같으니까 시험 삼아 한번 해 봐. 실력 발휘 한번 해 보는 거야."

"아, 감사합니다!"

필순은 뛸 듯이 방을 나가다 멈칫했다.

"그런데 저 혼자만요?"

"걱정 마. 섭섭이도 다음 막간에 넣을 거니까. 걔도 노래를 괜찮게 하더군. 나가는 길에 섭섭이와 상수 좀 오라고 전해 줘. 순서를 다시 점검해야겠어."

섭섭이 필순의 말을 전해 듣고 한걸음에 단장 방으로 뛰어갔다. 단장을 만나고 나온 섭섭이 괴성을 지르며 필순에게 뛰어왔다.

"필순아아아."

둘은 얼싸안고 팔짝팔짝 뛰었다. 눈물이 하염없이 흘러내렸다.

신인 가수 선발 대회

〈장화홍련전〉 1막이 끝나고 막이 내렸다. 공연을 끝낸 배우들이 분장실로 들어왔다. 순서를 기다리고 있던 필순의 가슴이 방망이질을 해 댔다. 무대막 사이로 살짝 관중석을 내다보았다. 자리를 꽉 메운 관객들이 무대를 향해 눈을 빛내고 있었다.

'아 떨려. 잘해 낼 수 있을까.'

필순은 가슴을 감싸 안고 눈을 감았다.

"필순아, 넌 잘할 거야."

정분이 필순의 등 뒤로 와서 꼭 안아 주었다. 섭섭도 손을 꼭 잡아 주었다.

"다음. 막간 1, 준비됐나요?"

감독인 상수가 필순을 향해 신호를 보냈다. 필순이 고개를 끄덕였다. 길게 심호흡을 한 뒤 무대로 뛰어나갔다. 발이 구름 위를 딛는 것처럼 허청허청했다.

눈앞은 깜깜하고 아무것도 보이지 않았다. 박수 소리만 크게 들렸다. 이윽고 귀에 익은 음악 소리가 들렸다. 필순은 눈을 감고 반주에 귀를 기울였다. 필순이 준비한 곡은 가요 두 곡과 민요 한 곡이었다. 먼저 〈장화홍련전〉 1막의 여운을 살려 민요로 시작했다. 〈새타령〉이었다.

새가 날아든다

온갖 잡새가 날아든다

……

이 산으로 가면 쑥국 쑥국

저 산으로 가면 쑥쑥국 쑥국

아하 이히 이히 이히

좌우로 다녀 울음 운다.

노래를 시작하자 신기하게도 떨리는 것이 사라졌다. 난코스였던 대목도 무사히 넘어갔다. 그제야 눈앞에 관객이 보였다. 필순은 노래에 취해 자기도 모르게 어깨춤을 으쓱으쓱 추었다. 객석에서 할머니 두 분이 자리에서 일어나 덩실덩실 춤을 추었다.

와!

짝짝짝.

첫 곡이 끝나자 천장이 떠나갈 듯 박수 소리와 함성이 터져 나왔다. 필순은 코가 시큰했다. 이어 두 번째 곡인 〈찔레꽃〉을 부르고, 세 번째 곡 〈타향살이〉까지 마치고 분장실로 들어오니 단원들이 휘익, 휘파람을 불며 축하해 주었다.

"막간 가수, 봉필순 만세!"

"이제 보니 너 아주 무대 체질이구나. 춤도 추고, 다른 때보다 더 잘하던데!"

섭섭이 필순이 노래하는 동안 같은 마음으로 애를 태웠는지 엄지를 들어 보였다.

2막이 끝나고 섭섭도 무대에 올랐다. 섭섭의 첫 곡은 〈나는 열일곱 살이에요〉였다.

나는 가슴이 두근거려요
당신만 아세요 열일곱 살이에요
……
파랑새 꿈꾸는 버드나무 아래로
가만히 오세요.

섭섭은 빠르고 경쾌한 곡을 귀염성 있게 잘 불렀다. 필순과는 또 다른 분위기로 관객들을 사로잡았다. 두 번째 곡 〈오빠는 풍각쟁이〉를 부를 때는 따라 부르는 관객들도 많았다. 세 번째 곡 〈올팡갈팡〉은 원래 남자와 여자가 번갈아 부르는 노래인데 혼자서 1인 2역으로 재미나게 불렀다. 관객들이 웃음보를 터뜨리며 환호했다.

"동포 여러분! 반갑습니다. 저희 파랑새 극단을 많이 사랑해 주세요."

섭섭은 애교스럽게 무대 인사까지 멋지게 하고 내려왔다.

"잘했어. 정말 잘했어!"

극단 식구들이 섭섭에게도 박수를 보냈다. 공연을 끝내고 단원들이 분장실에 모여 있을 때 베레모가 들어왔다.

"오늘 첫 공연은 아주 성황리에 마쳤습니다. 단원 여러분들이 모두 하나가 되어 힘써 준 덕분입니다. 수고하셨습니다. 그리고 오늘 막간 가수로 첫 출연한 봉필순과 김섭섭 양에게도 격려의 박수를 보냅시다."

와! 짝짝짝!!

필순과 섭섭은 모두에게 진심 어린 감사의 인사를 했다. 불과 얼마 전만 해도 한 치 앞이 보이지 않는 깜깜 절벽이었는데, 이제 빛 한 줄기가 비추는 것 같았다. 모든 것이 너무나 감사했다.

"자, 다들 고생했으니 저녁 먹으며 쉬세요. 봉필순과 김섭섭은 저녁 먹고 내 방으로 좀 오고."

베레모의 말이 끝나자 정분이 미리 준비해 둔 음식으로 상이 차려졌다. 생각보다 푸짐한 저녁 식단에 단원들이 환호성을 질렀다. 모두 행복한 얼굴이었다.

"필순아, 가서 김치 좀 더 가져다줄래?"

부엌으로 가던 필순은 놀라 걸음을 멈추었다. 복도 안쪽에 있는 베레모 방으로 낯선 남자 두 명이 재빨리 들어가는 것이 보였다. 이따금 낯선 사람이 베레모를 찾아오긴 했지만 그땐 상수도 함께였다.

'누구지?'

김치 그릇을 들고 나오다 필순은 다시 베레모 방 쪽을 쳐다보았다. 혹시 주인 없는 방에 들어간 건 아닌가 싶어 방 앞으로 갔다. 방 안에서 말소리가 웅얼웅얼 새어 나왔다. 안심하고 돌아서려는데 갑자기 베레모의 고함 소리가 들렸다. 필순은 잠시 망설이다 문 가까이에 귀를 댔다.

"이 양아치 같은 놈들! 이 돈은 너희 같은 놈들에게 갈 돈이 아니야."

베레모가 언성을 높이며 말했다.

"수익금 좀 나눠 쓰자는데 말귀를 영 못 알아들으시네. 독립자금이라도 대려고 그러시나? 내가 입만 뻥긋하면 당신과 이 극단은 만주에서 끝이야. 그리고 뭐 우리더러 양아치라고? 허, 양아치는 바로 당신이지."

"뭐야?"

필순은 남자들의 말투에 깜짝 놀랐다. 무슨 약점이라도 잡힌 걸까. 그들은 베레모를 협박하고 있었다. 그런데 베레모는 쩔쩔매는 모양새였다. 뭔가 부딪히고 의자가 엎어지는 소리도 들렸다.

'몸싸움이라도 하는 걸까?'

필순은 아무래도 이 상황을 상수에게 알려야겠다고 생각했다. 그런데 바로 다음에 들려오는 말에 필순은 그만 자리에 얼어붙고 말았다.

"당신, 경무국장한테 붙어서 양아치 노릇 했잖아. 아무것도 모르는 시골 여자애들 공장에 취직시켜 준다고 속여서 위안부로 보내고."

"그, 그만!"

베레모가 절규하듯 소리쳤다. 필순은 들고 있던 김치 그릇을 떨어뜨리고 말았다. 그 소리에 방문이 벌컥 열렸다.

"봉필순! 너, 언제부터 여기 있었어?"

베레모는 필순을 보고 얼굴이 하얗게 질려 버렸다. 필순은 온몸이 부들부들 떨렸다. 베레모와 낯선 남자들 사이로 동순의 얼굴이 떠올랐다.

"우, 우리 동순 언니를!"

너무 놀라 말이 제대로 나오지 않았다.

"아니, 그게 아니고……."

그때 남자들이 후다닥 밖으로 뛰어나갔다. 잠시 후, 상수가 뛰어왔다.

"단장님, 무슨 일입니까? 저 사람들은 누구예요? 필순아! 너 왜 그래?"

상수가 베레모와 필순을 번갈아 쳐다보았다. 깨진 김치 그릇과 방 안에 어질러진 상황으로 보아 심상치 않은 느낌이 들었는지 얼른 필순을 안으로 데리고 들어갔다. 상수가 베레모를 바라보며 눈으로 뭔가를 묻는 듯했다.

잠시 침묵이 흘렀다. 베레모가 담배에 불을 붙이려 하자 쏘아

보고 있던 필순이 벌떡 일어나 베레모의 가슴팍을 후려치며 소리쳤다.

"여공 모집이 위안부 모집이었다고요? 우리 동순 언니를, 위안부로 보냈다고요? 어떻게, 어떻게 그럴 수가 있어요?"

필순이 숨이 막히는지 제 가슴을 쳤다. 베레모는 고개를 푹 숙인 채 말이 없었다. 상수가 다가와 필순을 의자에 앉혔다.

"필순아, 네 언니는 지금 개성에 있는 신발 공장에 다니고 있어. 참말이야. 단장님이 시켜서 내가 직접 공장에 데려다주었거든."

상수의 말에 필순은 어리둥절했다.

"그럼, 아까 그 사람들이 한 말은 뭐예요? 단장님이 여공 모집한다고 속여서 여자애들을 위안부로 보냈다면서요? 우리 동네에도 여공 모집하러 왔었잖아요?"

"휴, 다 말할게."

베레모는 필순에게 그동안의 일을 사실대로 털어놓았다.

"미안하다. ……내가 어리석었어. 전에도 말했듯이 내 음악을 하고 싶은 마음에…… 해서는 안 될 짓을 저질렀어. 죽는 날까지 죄를 갚으며 살 생각이다."

베레모는 괴로운 듯 끙, 앓는 소리를 냈다. 그러나 필순은 베레모를 용서할 수 없었다.

필순은 베레모 방을 나와 밖으로 나왔다. 분장실에선 단원들의 웃음소리가 왁자하게 들려왔다. 그 속에 섭섭의 목소리도 섞여 있었다. 밤하늘에 별이 총총했다.

'동순 언니도 저 별을 보고 있을까?'

필순은 위험 직전에 용감하게 도망쳐 나온 동순이 무척 보고 싶었다.

"오늘 유난히 별이 많구나. 이 땅의 한숨 소리가 별이 되어 박힌 것 같구나."

언제 왔는지 상수가 뒤에서 말했다.

"필순아, 단장님을 용서하라는 말은 안 할게. 나도 용서가 안 되니까. 그렇지만 용서를 구할 기회는 줘야 할 것 같아. 누구보다도 음악에 대한 열정이 강한 사람이야. 그러다 보니 잘못된 선택을 했던 것 같다. 지금은 뼈저리게 후회하고 힘들어해."

"당연히 힘들어해야죠."

필순은 냉정하게 말했다.

"그래. ……이런 말은 안 하려고 했는데, 단장님은 힘닿는 대로 독립군에게 자금을 대고 그들의 활동도 돕고 있어. 나한테 직접 말한 적은 없지만 몇 번 심부름을 하면서 알게 된 거야. 아마 만주로 온 이유 가운데 하나이기도 할 거야. 언젠가 함께 술을 마시면서 그랬거든. 만주에서 다시 시작하고 싶다고."

필순은 상수의 말에 놀라 돌아보았다.

"너희를 만주로 데리고 온 것도 속죄하는 마음에서였을 거야."

그날 밤 필순은 상수로부터 많은 이야기를 들었다. 극단 형편이며, 만주와 조선의 사정까지. 그 많은 이야기들을 듣고 있자니 가슴이 얹힌 듯 답답했다. 필순은 열다섯 살 자신의 처지도 곰곰 되

돌아보았다.

노래를 좋아하고 경성에 대한 환상이 있던 필순에게 운명처럼 다가온 베레모. 그의 욕망의 제물이 되어 저택에 가게 되었고, 그곳에서 피붙이 같은 친구 섭섭을 만났다. 주인 몰래 유성기를 틀었다가 들켜 고초를 겪었고, 위안부로 갈 뻔한 섭섭을 구하기 위해 저택에서 도망을 쳤다. 공포와 배고픔 속에서 구원처럼 만난 파랑새 극단, 그리고 뜻밖에 다시 만난 베레모. 베레모는 파랑새 극단의 단장이었다.

'베레모가 극단에 받아 주지 않았다면 우린 순사에게 붙잡히고 말았을까? 그럼 베레모가 은인인가? 아니야. 애초에 저택으로 데려가지 않았으면 이 모든 일들이 일어나지 않았을 것이다. 그러나 오늘 그토록 하고 싶었던, 비록 막간이지만 가수가 되어 무대에서 노래를 불렀다. 너무 소중하고 행복한 순간이었다.'

필순은 이런저런 생각에 뜬눈으로 밤을 새웠다.

"왜 그래? 어디 아파?"

축 처진 필순을 보고 섭섭이 걱정스러운 눈빛으로 물었다.

"아냐, 괜찮아."

"안 괜찮은 것 같은데, 어제 무대에서 기운을 다 써 버려서 그런가?"

섭섭이 농을 걸었지만 웃을 기분이 아니었다. 필순은 베레모와 마주칠까 내심 신경이 쓰였다. 이대로 아무 일도 없었다는 듯 가만히 있어야 하나, 도무지 갈피를 잡을 수가 없었다.

"어이, 막간 가수님들! 단장님 호출이야."

안쪽에서 상수가 불렀다. 무슨 일일까. 필순은 섭섭과 함께 베레모 방으로 갔다. 베레모가 밝은 표정으로 두 사람을 맞았다. 상수도 옆에서 싱글벙글했다.

"어서 와라. 너희들 어제는 기대 이상이었어. 그래서 생각해 봤는데, 신인 가수 선발 대회에 나가 보면 어떨까? 몇 달 뒤에 경성에서 열리거든."

"네에? 정말요?"

섭섭이 탄성을 지르며 좋아했다. 필순도 깜짝 놀랐으나 내색하진 않았다.

"필순이는 내키지 않는 모양이네?"

베레모가 필순을 보며 아무렇지 않게 말했다.

"아, 아뇨. 내키지 않기는요? 너무 놀랍고 좋아서 말문이 막힌 거죠. 사실 오늘 필순이가 좀 기운이 없네요. 어제 혼을 다해서 노래를 불렀나 봐요, 히히히."

"그런가? 진짜 가수가 되겠다는 꿈, 아직 유효한 거지?"

베레모가 필순을 바라보며 물었다.

"……네에."

필순은 얼떨결에 그렇다고 고개를 끄덕였다. 사실이었다. 이런 기회가 오리라고는 생각지도 못했다. 하늘이라도 날고 싶은 심정이었다. 그러나 대회에 나가도 되는 걸까. 필순은 상수를 쳐다보았다. 상수가 미소를 머금고 고개를 끄덕였다.

"그런데 말이야……. 따로 나가는 게 좋을까, 둘이 함께 나가는 게 좋을까?"

"함께요!"

누가 먼저랄 것도 없이 필순과 섭섭이 동시에 외쳤다.

"그래? 너희 마음이 그렇다면 고민할 필요도 없네. 좋아, 듀엣으로 나간다. 그럼 내일부터는 막간에 둘이 함께 나가서 노래를 부르도록 해. 호흡을 맞춰야 하니까. 그리고 매일 세 시간씩 내가 너희를 지도해 주겠다. 두 곡을 준비해야 하는데, 예선에 부를 곡은 너희가 좋아하는 걸로 고르고, 본선 곡은 내가 작곡한 곡으로 하자."

"와, 단장님이 작곡도 하세요?"

섭섭이 놀라 눈이 동그래졌다. 필순은 알고 있었던 사실이지만 실제로 베레모가 작곡한 곡을 부른다는 게 신기했다.

"내로라하는 실력자들이 몰려들 거야. 삼 등까지 가수로 인정받게 되니까 열심히 해서 등수 안에 꼭 들어야 해! 그럼 내가 너희 음반도 내줄게."

"와, 감사합니다. 단장님!"

섭섭은 울먹이는 목소리로 몇 번이나 인사를 했다. 필순도 진짜 가수가 될 수 있다는 말에 목이 메도록 감격스러웠다.

"네. 열심히 연습해서 꼭 삼 등 안에 들게요."

만주 공연은 성공적으로 이어졌다. 공연장은 매일 관객으로 가득했고, 반응 또한 뜨거웠다. 덕분에 극단 식구들에게 주어지는 먹을거리도 풍족해서 단원들 모두 만주 생활에 대만족이었다. 그중 가장 신나는 사람은 뭐니 뭐니 해도 필순과 섭섭이었다.

그 일이 있은 후 베레모가 필순을 대하는 태도는 예전하고 똑같았다. 차라리 다행이었다. 필순도 불편한 마음을 접고 앞으로의 일에만 집중하기로 마음먹었다. 상수 말대로 잘못을 뉘우칠 기회를 주는 게 맞는 것 같았다.

베레모는 자작곡인 〈매화꽃 피는 사연〉을 필순과 섭섭에게 내밀었다.

"전에 썼던 곡인데, 둘이 부를 걸 생각해서 좀 수정했어. 한번 들어 볼래?"

베레모는 먼저 아코디언으로 곡을 들려주었다. 흐르는 가락이 단조롭지 않고 풍성했다. 필순은 새 노래가 마음에 들었다. 처음에는 경쾌하게 흐르다 후반부에서는 애잔하게 음을 길게 끌어 올려 호소력이 짙은 곡이었다. 앞부분에선 섭섭의 경쾌한 목소리가, 뒷부분에선 청아하고 성량이 풍부한 필순의 목소리가 빛을 발할 수 있는 노래였다.

베레모는 단원들의 공연 연습이 끝나면 필순과 섭섭에게 따로 노래 연습을 시켰다. 베레모는 그 어느 때보다도 열정적이었다. 오히려 베레모의 그 열정을 따라가느라 필순과 섭섭이 힘에 부칠 지경이었다.

"잠깐, 거기선 숨을 깊이 들이마시고, 다시 호흡을 길게 빼."

"아니야, 그런 느낌이 아니야. 다시!"

다시, 다시, 다시……. 한 소절을 단숨에 넘어가기가 힘들었다. 필순과 섭섭은 등이며 이마에서 진땀이 났다. 쉽게 따라 부르던 가요 하나가 세상에 태어나는 것이 이렇게 힘들고 정성을 들이는 일인 줄 미처 몰랐다.

"겨우내 매화꽃이 피기를 기다리듯, 사랑하는 임을 기다린다고 생각해 봐. 더디 오시네 더디 오시네, 이 부분은 너무너무 그립고 그리워서 원망스러운 마음마저 섞인 감정이야. 알겠어? 자, 그런 마음으로 다시!"

"그리우면 그리운 거지, 왜 그리움에 원망하는 마음이 섞입니까. 그건 그리움이 아니지요."

섭섭이 베레모의 말에 토를 달았다. 같은 마디를 수십 번씩 반복시키는 게 불만이었던 터라 필순도 고개를 끄덕였다.

"뭐야? 간절한 마음 몰라? 너흰 뭔가를 간절히 바라본 적 없어? 그렇다면 가수가 되고 싶다고 간절히 기원하며 불러 봐!"

베레모의 주문은 끝이 없었다. 쉽게 부를 수 있을 것 같던 〈매화꽃 피는 사연〉은 부를수록 어려웠다.

"봄이 와서 매화가 꽃망울을 펑펑 터뜨리듯, 우리 조선에도 그런 날이 오면……."

베레모는 전달하고자 하는 뜻을 노래에 실으려면 수천 번은 불러서 그 노래가 제 몸의 피가 되고 살이 되어야 한다고 침을 튀겼다. 그래야만 비로소 듣는 사람의 심금을 울릴 수 있다고.

한 달이 지나고, 두 달이 흐르고 〈매화꽃 피는 사연〉은 필순과 섭섭의 피가 되고 살이 되어 갔다. 그러던 어느 날, 베레모의 입가에 비로소 미소가 피어났다.

"됐어!"

지독한 진통 끝에 노래 하나가 세상에 태어났다.

"기분 어때? 예비 가수님들!"

정분이 필순과 섭섭의 등을 토닥이며 물었다. 그동안 정분은 베레모로부터 특별 임무를 받고, 두 사람을 관리해 왔다. 건강은 물론 목소리 상태부터 아무리 바빠도 연습을 빼먹지 않는 것까지.

"오늘 경성으로 떠나면 며칠 후에나 보겠네요. 근데 정분 언니 꽥꽥대는 소리가 없어서 노래가 제대로 되려나 모르겠네."

섭섭이 뼈 있는 말로 너스레를 떨었다. 그동안 정분이 살뜰히 돌봐 준 게 고마우면서도 때론 베레모 못지않게 조였던 것에 대한 원망의 표시였다.

"상수 씨도 같이 간다며?"

"네. 감독님이 동행하시기로 했어요. 단장님도 일단 경성까지는 함께 가실 거래요. 경연장에만 안 가시고."

그랬다. 행여 경연장에서 베레모를 알아보는 사람이 있으면 필순과 섭섭에게 복잡한 일이 꼬일 수도 있었다. 상수와 정분은 서로 좋아하는 사이였다. 그래서 정분도 경성에 함께 가고 싶은 눈치였지만 단원들 식사 때문에 자리를 비울 수가 없었다. 정분은 파랑새 극단의 살림꾼이기 때문에 며칠씩 극단을 비울 수가 없는 형편이었다.

"여기들 있었군. 팀 이름을 이걸로 하면 어떨까?"

베레모가 종이 한 장을 내밀었다. 쪽지에는 '저고리 시스터즈'라고 쓰여 있었다.

"저고리 시스터즈요? 저고리는 알겠는데 시스터즈가 뭐예요?"

필순이 쪽지를 들여다보며 물었다.

"시스터즈는 자매라는 뜻이야."

상수가 빙그레 웃으며 말해 주었다.

"저고리 자매? 호호호, 좋은데요. 그럼 내가 언니네."

섭섭이 필순을 향해 눈을 찡긋하며 말했다.

"피, 언니는 무슨. 겨우 몇 달 가지고."

필순이 입을 삐죽거렸다.

"왜 이름이 맘에 안 들어?"

베레모가 놀란 시늉을 해 보이며 물었다.

"아, 아니에요. 맘에 들어요."

필순과 섭섭은 팀 이름이 마음에 들었다. 친구 사이도 좋은데 자매라니, 왠지 더 가까워진 느낌이었다. 둘은 결의라도 맺은 듯 서로 손을 꼭 잡았다.

"좋아. 지금부터 너희는 저고리 시스터즈다. 이 이름을 영원히 가지려면 꼭 등수 안에 들어야 한다. 알겠나?"

"네에."

필순과 섭섭은 극단 식구들의 덕담과 응원을 받으며 경성으로 출발했다.

'전국 신인 가수 선발 대회'라고 쓰인 커다란 현수막이 경연장 입구에 걸려 있었다. 경연장 안은 멋진 서양 드레스를 차려입고 한껏 멋을 부린 아가씨들과 모던보이 스타일로 깔끔하게 차려입은 남자들로 북적거렸다.

"우리 의상이 제일 촌스럽네."

필순과 섭섭은 흰 저고리에 검정 치마를 입었다. 팀 이름에 걸맞게 입는 게 좋겠다는 베레모의 생각을 따른 것이다.

아침 열 시에 시작한 경연은 오후 네 시쯤 끝날 예정이었다. 오전에는 수십 팀이 예선을 치렀다. 저고리 시스터즈는 〈오빠는 풍각쟁이〉를 불러 통과했다. 스무 팀이 본선에 올랐다. 본선은 점심 이후에 치러질 예정인데, 저고리 시스터즈는 끝에서 네 번째 순서였다. 상수가 번호표를 뽑았는데 17번이었다.

본선에 올라온 팀들 모두 실력이 만만찮았다. 대부분 솔로이고, 팀으로 나온 건 세 팀이었다. 본선이 시작되고 순서가 가까워지자 필순의 가슴이 콩닥콩닥 뛰었다. 드디어 차례가 되었다.

"참가 번호 17번, 저고리 시스터즈. 부를 곡명은 〈매화꽃 피는 사연〉입니다. 참고로 이 곡은 자작곡이라고 합니다. 뜨거운 박수로 맞아 주십시오."

사회자의 소개를 받고 필순과 섭섭은 힘차게 무대로 뛰어나갔다. 연습한 대로 예쁘게 인사를 하고 마이크를 잡았다. 섭섭이 필순을 향해 윙크를 했다. 필순도 윙크를 했다. 사전에 준비한 것은 아니지만 결의의 표현이었다. 반주가 흘러나왔다. 필순과 섭섭은 수천 번도 더 불러 제 몸의 피가 되고 살이 된 〈매화꽃 피는 사연〉을 풀어놓았다. 누에고치에서 실을 뽑아내듯.

눈 속이라 못 오시나
바람 매서워 못 오시나
천 리 먼 길 떠나신 우리 임
샘가 울타리엔 매화꽃 펑펑 터지는데
실핏줄 툭툭 터지는 꽃술로
꽃잎 위에 새긴 사랑
우리 임 정녕 잊으셨나
매화꽃 피는 사연 조선의 마음
매화꽃은 펑펑 터지는데
어여쁜 우리 임
더디 오시네
더디 오시네.

노래를 마치자 힘찬 박수가 터져 나왔다. 그러나 박수 소리로는 성적을 가늠할 수가 없었다. 그 뒤로 세 팀이 더 부르고 본선이 끝났다. 심사 위원들이 심사를 하는 동안 휴식 시간이 주어졌다.

"탈락하면 어쩌지? 다들 엄청 잘하던데."

섭섭이 손톱을 물어뜯으며 일어서서 왔다 갔다 했다. 필순도 두 손을 모아 쥔 채 안절부절못했다.

"너희들 잘 불렀어. 연습할 때보다 더 잘했어."

상수가 안심을 시켰지만 아무 소용이 없었다.

"장려상만 받아도 좋겠다."

필순도 한껏 풀이 죽어 제일 낮은 상이라도 받아서 당선만 되길 바랐다. 얼마나 시간이 지났을까. 결과를 발표한다는 안내가 나오자 자리를 비웠던 사람들이 돌아와 앉았다.

"심사 결과를 발표하겠습니다. 본선에 오른 스무 팀 가운데 세 팀에게 상을 드립니다. 호명을 받은 세 팀은 이후 가수로 대우하며, 상금은 차등 지급됩니다."

모두 숨을 죽이고 사회자의 목소리에 귀를 기울였다.

"먼저 장려상을 발표하겠습니다. 장려상."

두두두둥, 사회자가 긴장감을 주기 위해 말을 늘여 빼자 연주단이 북소리를 울렸다. 북소리에 맞춰 심장이 뛰었다.

"장려상! 참가 번호 6번, 박, 영, 선!"

와!

장려상을 받은 팀에서 환호성이 터져 나왔다. 수상자가 무대 앞으로 뛰어나갔다. 필순은 마음이 불안해졌다. 세 번의 기회 가운데 한 번은 사라진 셈이었다.

"다음은 우수상입니다. 우수상!"

두두두두둥.

"참가 번호 11번! 고, 복, 수!"

대기석 가운데쯤에서 환호성이 터졌다. 키가 큰 남자가 벌떡 일어나 무대로 뛰어나갔다. 사회자가 이름을 부를 때마다 필순은 절망감에 몸이 떨렸다. 필순은 섭섭의 손을 더듬어 잡았다. 섭섭도 떨고 있었다. 아, 또 한 번의 기회가 사라졌다. 자꾸 눈물이 나오려고 해 필순은 눈을 부릅뜨고 앞을 똑바로 바라보았다. 그런데 관중석 맨 앞줄에 베레모가 앉아 있는 것이 아닌가.

"섭섭아! 저기 모자 쓴 사람, 단장님이지?"

"그러네. 경연장엔 못 오실 거라고 했는데."

베레모는 필순과 눈길이 마주치자 엄지를 들어 보였다.

"자, 다음은 대망의 최우수상입니다. 오늘의 이 행운은 과연 어느 팀에게 돌아갈까요? 전국 신인 가수 선발 대회, 최우수상!"

두두두두둥.

"참가 번호 17번, 저고리 시스터즈."

저고리 시스터즈라는 말이 들렸지만 현실인지, 환청인지 분간이 되지 않았다. 필순이 멍하니 앉아 있는데 앞쪽에서 베레모가 일어나 엄지를 높이 쳐들었다. 상수가 환호성을 지르며 필순과 섭섭의 팔을 번쩍 들어 올렸다.

"와하하, 됐다 됐어! 너희가 해냈어."

그제야 필순과 섭섭은 사회자가 자기들을 불렀다는 걸 알았다.

"섭섭아!"

"필순아!"

둘은 무대로 나가는 것도 잊은 채 부둥켜안고 엉엉 울었다.

사람들이 '저고리 시스터즈'를 외치며 장내가 떠나갈 듯 갈채를 보냈다.

작가의 말

어느 날, 길을 걷는데 한 노래가 귀를 잡아당겼습니다. 처음 듣는 노래는 아니었지만, 그날따라 가사 한 구절, 한 구절이 귀에 박혀 왔습니다.

사공의 뱃노래 가물거리면
삼학도 파도 깊이 스며드는데
부두의 새악시 아롱 젖은 옷자락
이별의 눈물이냐 목포의 설움.

〈목포의 눈물〉이라는 흘러간 옛 노래인데 이난영이라는 가수가 불렀지요. 어머니가 이따금 불러 알고 있던 노래입니다. 나도 모르게 몇 구절 따라 부르다 이난영이라는 가수를 검색해 보니 여러 정보와 함께 '저고리 시스터즈'라는 이름이 눈에 들어왔습니다. 이난영은 그 걸그룹 멤버였더군요. 요즘으로 치면 '소녀시대'만큼이나 사랑을 받았던, 우리나라 원조 걸그룹이었던 거지요.

나는 놀랐습니다. '저고리 시스터즈'가 결성된 1930년대 후반 일제 강점기는 내 머릿속에 어둡고 아픈 시대로만 기억되었기 때문입니다. 그 시절 우리 청소년들은 자신들의 의지와는 상관없이 역사의 소용돌이 속에서 많은 희생을 당했습니다. 많은 소년들이 징용에 끌려가고, 소녀들은 군수업체 여공이나 일본군 위안부로 끌려갔습니다. 정말 안타깝고 슬픈 역사지요.

그러나 그런 상황에서도 꿈을 꾸고, 그 꿈에 도전하고, 엎어지고, 또 일어나 도전하면서 어두운 시대를 건너온, 용기 있는 청소년들도 있었을 것이라는 생각이 들었습니다. 나는 그들의 이야기를 쓰고 싶었습니다.

《저고리 시스터즈》는 일제 강점기 가수를 꿈꾸는 두 소녀의 이야기입니다.

동갑내기인 봉필순과 김섭섭은 경성 일본인 집에서 운명적으로 만났습니다. 감골 소녀 봉필순은 가난하지만 밝고 용기 있는 소녀입니다. 노래를 좋아해 가수를 꿈꾸는 소녀였지만, 야학당 사건으로 경성으로 끌려와 일본인 치매 노인의 시중을 드는 신세가 되었지요. 김섭섭은 여덟 살에 술주정뱅이 아버지가 권번에 팔아버린 아이입니다. 그러나 기생이 되려면 필요한 재능인 정가에 취미가 없어 기생도 되지 못하고, 일본인 집에서 허드렛일이나 하는 식모로 흘러들었지요.

두 소녀는 힘들고 서러운 시간들을 견뎌 내며 친구가 됩니다. 그리고 우연한 기회에 유성기를 통해 가요를 만나게 되지요. 심금을 울리는 가요는 두 소녀에게 위로와 함께 희망을 불어넣어 주었습니다. 둘은 가수가 되자고 다짐합니다. 그러나 안개 속 같은 두 소녀의 앞길엔 만만찮은 장애물이 숨어 있습니다.

자욱한 안개를 헤치며, 고지를 향해 꿋꿋이 꿈을 찾아가는 봉필순과 김섭섭. 이 두 소녀를 닮은 이 땅의 모든 청소년들에게 이 책을 바칩니다.

늘 곁에서 힘이 되어 준 '스토리킹' 식구들과 《저고리 시스터즈》를 위해 마음을 보태 준 출판사에 깊은 감사를 드립니다.

빛고을에서 김미승

오늘의
청소년
문학
23

저고리 시스터즈

초판 1쇄 2018년 12월 28일
초판 4쇄 2022년 9월 30일

지은이 안오일

펴낸이 김한청
기획편집 원경은 김지연 차언조 양희우 유자영 김병수 장주희
마케팅 최지애 현승원
디자인 이성아 박다애
운영 최원준 설채린

펴낸곳 도서출판 다른
출판등록 2004년 9월 2일 제2013-000194호
주소 서울시 마포구 양화로 64 서교제일빌딩 902호
전화 02-3143-6478 팩스 02-3143-6479 이메일 khc15968@hanmail.net
블로그 blog.naver.com/darun_pub 인스타그램 @darunpublishers

ISBN 979-11-5633-219-0 44810
978-89-92711-57-9 (세트)

• 잘못 만들어진 책은 구입하신 곳에서 바꿔 드립니다.
• 이 책은 저작권법에 의해 보호를 받는 저작물이므로, 서면을 통한 출판권자의 허락 없이 내용의 전부 또는 일부를 사용할 수 없습니다.